高名凯译文集 11

古物陈列室

《竞争》二部曲之二

（法）巴尔扎克 著

海峡出版发行集团 | 海峡文艺出版社
THE STRAITS PUBLISHING & DISTRIBUTING GROUP | Haixia Literature & Art Publishing House

献　　给

《土耳其帝国史》著者奥地利王室参赞汉穆尔—蒲尔格斯托尔男爵先生

亲爱的男爵：

您对我这冗长而广阔的十九世纪法兰西风俗史有这样强烈的兴趣，您曾经这样的鼓励过我，您简直是给我权利来把您的名字附在这部历史的一个片段之上。您不是精细而勤学的德意志的一个最为认真的代表吗？您的赞誉不是可以引起其他的嘉许而保护我的功业吗？我是这样的因此而骄傲，我甚至于努力想用您在您的研究和您那可以给文学界建立纪念碑的探讨中所有的勇气来继续我的工作，因而能够受您的称颂而无愧。您所认识而应用在最为显著的东方社会的研究上的苦工，您对这种苦工的同情常常支持我的勤劳，让我去探究我们近代社会的细节。您，您这可以比拟我们的拉方登的天真的作家，您知道了这情形，不是要快乐吗？

亲爱的男爵，我希望我对您和大著的尊敬的表证能够在铎布林找到您，我希望您的一个最为诚实的崇拜者和朋友能够在那里回忆到您和您的家庭。

得·巴尔扎克

目　录

一　两个沙龙

法兰西一个不重要的行政区里，城市中心的一条街道的角落上，有一所房子；不过，我们应当在这里把这座城市和这条街道的名字隐了起来。每一个人都会了解这不得不加以谨慎的聪明的动机。一位作家在叙述同时的事故时往往是触到了许多创伤！……这所房子叫做德斯格里昂公馆；但是我们应当记住德斯格里昂这名字不过是虚构的而已，并不比喜剧中的柏尔发尔、福罗里古尔、德尔维尔，小说中的阿达尔柏尔或蒙布勒斯更近于事实。总之，主要人物的姓名也都要给他们换上。这里，作者要搜集许多矛盾的事情，错误的历数，而在一堆不像真实的无稽事物之下隐蔽事实。但是，无论他如何的掩饰，事实总要永远的显露，正如一棵没有彻底拔除的葡萄树还要在耕耘过的葡萄田中长出许多有生气的细芽一般。

德斯格里昂公馆其实只是一个名叫卡罗尔·查礼—马利—维克多尔—安儿的老绅士所居住的房子；绅士就是德斯格里昂侯爵，也就是格里昂侯爵，如果依据古代的衔头来称呼他的话。城里的商人和中产阶级都用讥刺的口吻管这住宅叫做“公馆”，所以二十年来，大部分的居民终于也严肃的用德斯格里昂公馆这名称来指示侯爵的房子。

卡罗尔这家姓（迪埃利兄弟会把他写作迦罗尔）是当年一位南下征服高尔民族的北方民族的强有力的领袖的光荣的姓氏。卡罗尔家从来没有在国王、教会或财政之前低头屈服过。从前，他们曾经奉命防卫过法兰西的马尔赤，他们的衔头同时是责任，又是荣誉，不是一种有名无实的假衔头；德斯格里昂采地总是他们的产业。外省的真正的贵族，两百年来被宫廷所忘却，然而却是纯粹不杂的，却是各阶级的君主，却是神明一般的受到本地人民的敬重，好像治疗牙病的圣母一般，这个家庭之保存在外省的僻处就好像凯撒的桥梁焦木桩之保存在河流的深处一般。一千三百年之中，这家族的姑娘多半都是没有嫁资的出嫁，或是到修道院去当修女；这家庭的幼房后裔总是接受他们的母系的世袭，有的当了兵，有的当主教，有的和宫廷联婚。一位德斯格里昂家的幼房后裔当了海军上将，封为公爵和世卿，而没有后嗣的死去长房的领袖德斯格里昂侯爵从来没有想过要接受公爵的衔头。

“我要保持德斯格里昂的侯爵领地，就好像国王要保持法兰西的国家一样”。他对吕英元帅说。那时候，元帅在他眼中只是一个非常渺小的同伴。

请您注意，在乱世的时候，颇有不少断头的德斯格里昂。这高贵而骄傲的纯粹的血统一直保存到一七八九年。现今的德斯格里昂侯爵并不迁移，他得防卫他的马尔赤。乡下人对于他的敬重使他能够在断头台上留下他的头颅；但是短裤党的仇恨是相当剧烈的，使他不得不藏匿了起来，让人以为他是迁移了。在民众主权的名义之下，地方上的人并不尊重德斯格里昂的土地；森林被政府售卖了，虽然侯爵个人曾经声明过自己的产权。那时候，侯爵正好四十岁。侯爵的妹妹德斯格里昂小姐那时候尚未成年，她以家中年青总管为媒介保全了一部分的采地；总管以女主顾的名义请求预先瓜分遗产：共和政府的清算就拨给她别宫和一些农场。

忠实的齐斯纳尔不得不用自己的名义拿侯爵所给他的金钱去买回他的主人所特有的一些部分，例如教堂，教士的住宅和别宫的花园。

迟缓而快速的恐怖时代的流年算是过去了，曾经博得本乡敬爱的德斯格里昂侯爵要和他的妹妹德斯格里昂小姐一同回到别宫来居住，因而能够整理他的前任总管（现任法律公证人）齐斯纳尔给他救护的产业。但是，不幸得很！劫后空无所有的别宫在这个失去一切有用的权利，森林被分割，只能够从残存的土地中收到九千佛郎的业主看来，不是太空虚，太费钱的吗？

一八〇〇年十月，法律公证人带领侯爵回到旧日的封建的别宫里来。他看见侯爵一动也不动的愣在天井的中央，填平的水沟的前面，瞧着他那削得和屋瓦一般高的护楼，不禁生出一道深远的伤感。这位佛兰克人[①]冷静的轮流的看着天空，又看着当日的高特式塔楼的美丽的验风机所在的地方，好像要问上帝这社会的变迁的原因似的。只有齐斯纳尔一个人懂得侯爵的苦痛，那时候侯爵叫做卡罗尔公民。这位伟大的德斯格里昂一声不响的愣住了好久，他从空气中吸入了祖产的气味，而吐出了几口最为悲哀的叹息。

“齐斯纳尔，”他说，“让这些纷乱过去了之后，我们可以再回到这里来；但是，除非平定了之外，我不会到这里来居住，因为他们不许我在这里恢复我的徽章。”

他指着别宫，转过身来，重新骑上马，送着坐法律公证人的破旧的柳木车来的他的妹妹走。在城里，德斯格里昂公馆不存在了。这高贵的永恒已经被人拆毁了，在他的地基上已经盖上了两所制造厂。齐斯纳尔律师用侯爵所有的最后一包金路易去购买广场角上的一所旧房子，这房子有尖形的屋彭，有验风机，有塔楼，

① 于第五世纪侵略高尔民族的日耳曼人，侯爵是佛兰克人。

有鸽笼，这里是当初的贵族的法院，后来的初级民刑审判厅，是属于德斯格里昂侯爵的。花了五百金路易，购得国家财产的人也把老旧的大厦送还给合法的业主。也就是因为这个道理，人家就管这所房子叫做德斯格里昂公馆，一半是嘲笑的口吻，一半是严肃的称呼。

一八〇〇年，一部分被迫迁移的贵族回到法兰西来了：在厄运的簿册上除去姓名是相当容易的。第一批回到城里来的贵族之中有一个诺瓦斯特男爵和他的女儿：他们都穷了。德斯格里昂先生宽厚的给他让出一个避难所，而两个月之后男爵也就在这里悲愁的死去。诺瓦斯特小姐年纪二十二岁。诺瓦斯特一家有最纯粹的贵族的血统，德斯格里昂侯爵娶了她，希望能够继续他的家统，然而她却在生产期间死于庸医之手，非常侥幸给德斯格里昂家留下一个儿子。可怜的老年人（虽然那时候侯爵只有五十三岁，生活的颠沛和焦心的苦痛每年都给他不只十二个月的时日），这位老年人就这样的失去了晚年的欢乐，看着人类最美丽的一个女郎，一个恢复十六世纪的女人的温存（现在只可加以想象）的贵妇与世长辞了。他受到了一个可以回响在生命的一切时刻上的打击。站在床前几分钟之后，他就吻着好像圣女一般叉着双手，躺在床上的他的妻子；他取出了他的表，打毁了表轮，把他挂在壁炉上。这时候正好是午前十一点。

“德斯格里昂小姐，让我们祈祷不再叫这时刻给我们这一家带来不幸。我伯伯主教先生是这时刻被杀的，我父亲也是这时刻去世的……”

他跪在床边，把头靠在床上，他的妹妹也学着他。一会儿之后，他们俩又爬了起来：德斯格里昂小姐满脸流泪，老侯爵用干涸的眼睛瞧着孩子，卧室和死者。在佛兰克人的固执的秉性之上他又加上了基督徒的毅勇。

一　两个沙龙

这事情发生在我们这一世纪的第二年。德斯格里昂小姐年纪二十七岁；她是美丽的。一位生在本地的暴发户，富有六千厄古年收的共和政府的军粮商人居然能够在克服许多困难之后叫齐斯纳尔律师对德斯格里昂小姐谈到他的婚事。兄妹两个人都一样大胆的发怒。齐斯纳尔颇为失望，因为他让古瓦西埃先生败坏了。自这一天起，他不能够再从德斯格里昂侯爵的言行里找到可以变为友谊的爱抚的恩情。从此之后，侯爵就用报恩的方式来对待他。这种高尚而真实的报恩使法律公证人生出了永远的苦痛。他是一个良心高卓的人，在他看来报恩是一种庞大的付给，他宁可要可以产生调和思想灵魂的契合的温和而平等的情意。齐斯纳尔律师已经尝味过这种光荣的友谊的快乐；侯爵已经把他抬到和他同样的高。在这位高级的贵族看来，这位好好先生的地位是在孩子之下仆从之上的，他是一位自发的尽忠的家仆，用一切的心灵的联系而归附于主人的奴隶。人家不再跟法律公证人一块儿打算，虽然总用不断的真情的交换来补偿。在侯爵眼里，齐斯纳尔的法律公证人的身份是毫无意义的，他觉得他的仆人不过是打扮成一个法律公证人的样子而已。在齐斯纳尔眼里，侯爵是永远属于神圣种族的一个人；他相信贵族，毫无愧色的回忆到他的父亲曾经开着客厅的门，说道："侯爵大人，预备好啦。"他并不是因为信仰，而是因为自私而忠实于这贵族的家庭，他把自己看做就是这家庭的一分子。他的悲哀是深远的。他居然敢于对侯爵说到自己的错误，虽然侯爵防卫他：

"齐斯纳尔，"老贵族用沉重的声调回答他说，"在国家混乱之前，你不会说出这些谎谬的建议。新的规律到底是些什么呢！他就这样的把你弄毁了！"

齐斯纳尔律师是全城所信任的人，他颇为人所重视；他的诚实，他的财富使他变成重要的；从此之后，他对古瓦西埃先生就有一种决定的厌恶了。虽然法律公证人不是喜欢抱怨的人，他却使他的逆意适合于许多的家庭。古瓦西埃先生是个怀恨而能够二十年蓄意报仇的人，他为法律公证人和德斯格里昂家心里怀了一个隐蔽的重大的仇恨，正如外省里所常遇到的一样。这拒绝使他在外省人的眼里失去了他的地位，他是来和这些外省人居住在一起，而要统治他们的。这是一幕真实的惨剧，他的效果立刻就可以让人感觉出来。古瓦西埃又被一位老小姐拒绝了，他曾失望的追求过她。所以，他最初所有的野心的计划就在德斯格里昂小姐的拒绝之下遭到第一次的失败（他和小姐的结婚可以使他走进外省的圣日耳曼镇），第二次所遭的拒绝使他大失声望，他甚至于不容易维持他在城里第二个社会之中的地位。

一八〇五年，本地一个最古的家庭的长房后裔驿慈—居昂先生（这一家从前会与德斯格里昂家联亲）托齐斯纳尔律师向德斯格里昂小姐求婚，德斯格里昂·玛利—阿尔孟德—克礼尔小姐拒绝听法律公证人说话。

"您应当得想到我已经是一位母亲了，亲爱的齐斯纳尔，"她一边对他说，一边把她的侄儿放在摇篮里安睡。侄儿是年纪五岁的美丽的婴儿。

老侯爵站了起来，走到妹妹的跟前，妹妹正好从摇篮那一边走了回来；他恭敬的吻着她的手；然后，一边重新坐了下来，一边找出话对她说：

"您是一位德斯格里昂家的小姐，我的妹妹。"

高贵的小姐发抖而哭泣了。侯爵的父亲德斯格里昂先生晚年的时候曾经娶过路易十四时代封爵的一位司捐的少女为妻。家里的人都认为这结缡是门户不相当的可怕的婚姻，然而这并不重要，因为他们只生有一个女儿。阿尔孟德知道这个。虽然她的哥哥对她非常好，可是他总把她看做外人，而这句话也正好给她说出了合法的地位。但是，她的回答不是这样可敬的显示出十一年来她所有的高贵的行为吗？因为自从成年以来，她的每一个行动都是最为纯洁的忠实的记号。她对她的哥哥有一种崇拜的情意。

“我要一辈子当德斯格里昂小姐，”她直截了当的对法律公证人说。

“您不能够有比这更好的衔头，”齐斯纳尔回答说，他以为是称赞她。

可怜的女郎脸部发红了。

“你说了傻话，齐斯纳尔，”老侯爵答辩说，他一方面颇为老家仆的话所逢迎，一方面却因为这句话对于妹妹所生的悲哀而觉得苦痛。“一位德斯格里昂小姐可以嫁给一位孟莫莲西：我们的血统没有他们的血统那样的混杂。德斯格里昂家的徽章是黄底而带两条红色斜线的。九百年来，这徽章从没有任何的改变过，和第一天的式样一模一样。从那时候起，我们的徽章格言就是这是属于我们的，这是斐烈腓—奥古斯督的争斗时所得到的，同时也得到了骑士的徽章，右边是黄色，左边是红色的狮子。”

“在我的记忆中，我从来没有遇过像德斯格里昂小姐这样能够引起我的幻想的女郎，”布朗德说，和其他的事物相比较，近代文学最应当感谢他的这篇叙述。“说句真话，那时候，我是非常年青的，我是一个孩子，也许她所给我留下的记忆之所以能够有鲜艳的色调就是因为有这种引导我们到异常的事物上面去的禀赋。当我在公共运动场和其他的孩子一块儿玩耍，看见她远远的带着她的侄儿维克杜尼恩来的时候，我就发出一种可以支持电流在死人身上所产生的感觉的情感。无论我如何的年青，我总觉得我赋有一种新的生命。阿尔孟德小姐有一种略带褐色的金栗发，她的双颊盖有一层非常精致的纤毛，反射出银色的回光，我特别喜欢站在对面来看她那被阳光照耀的侧面形，我也就让我自己来对这一双碧玉一般的美眸发出痴想，这是一对深思的眼睛，当它落在我身上的时候，我全身就不觉发起烧来。我装着在她跟前打滚，玩耍，但是我却想法子来到她那娇嫩的脚前，靠近来欣赏。她那白软的颜色，她那雅致的脸纹，她那洁净的额痕，她那潇洒的纤腰这样的使我惊讶，我甚至于都没有注意到她的嫩腰的风韵，她的额头的美丽，她的完全的鸡蛋脸。正如我这年龄所要求的一样，我钦慕她，而不大知道到底是什么缘故。当我的尖刺的眼光勾引起她的秋波，而听见她用悦耳的声调（我觉得她的声音比任何其他的声音都有更大的音量）对我说：‘小东西，你干什么？你为什么瞧我呀？’的时候，我就走来，我就缩成一团，我就咬着我的指头，我就涨红着脸，对她说：‘我不知道。’如果偶然间她用她的白手探摸我的头发而问我多少年纪的话，我就跑开，回答她说：‘十一岁！’如果我念读《一千零一夜》而看见一个王后或是一位仙女出现在我面前的话，我就把德斯格里昂小姐的脸纹和步伐附在她们的身上。当我的画师叫我摹仿古代的头像的时候，我就觉得这些头像是和德斯格里昂小姐一样的装束。随后，当这些疯狂的妄想一个一个的消失的时候，这位运动场上的男子们都忙着给她恭敬的让出地方，一直看着她那飘荡的棕色长袍在他们的眼里失去影像的时刻为止的阿尔孟德小姐，她就好像一个典型一般的空泛的留在我的记忆之中。她那雅致的圆状的身躯有的时候因为风吹而生隆起，虽然有她那长厚的袍衫，我也能够重新找出她的形状，这些形状就回到我的年青的美梦里来。再后，当我沉着的思索一些人类思想的神秘的时候，我相信我曾回想到我的尊敬的态度都是我对德斯格里昂小姐的脸孔和她的举止所表达的情感给我感应的。这内中狂热的脑袋之令人敬服的安宁，这动作的庄严，这神圣的尽责，这一切的一切都使我感动，使我自勉。孩子们要比一般人所相信的更为容易被看不见的思念的力量所侵略：他们从来不跟真正有威严的人物开玩笑，他们受诚挚的温存的触动，他们受美丽的吸引，因为他们是美丽的，因为在同一性质的事物之中存在有神秘的联系。德斯格里昂小姐是我的一种宗教。现在，当我那疯狂的幻想爬上一所中古时代的贵族宅第的螺旋形楼梯的时候，我总把阿尔孟德小姐描绘在那里，作为封建时代的女神。当我念读古代的历史时，她就在著名女郎的面目之下出现在我的眼前：她忽而是阿格妮斯，忽而是杜赤·玛利，忽而是葛布里埃尔；我把她心中所消熄而从来没有表示过的爱情借给她。童年时代的朦胧的幻想中所瞥见的这个天姿。现在却回到我的梦境的烟云之中来了。”

请您记起这个在精神物质两方面都很确切的描写。德斯格里昂小姐是这篇故事中一个最含有教训的意义的人物：她可以教训您没有理性的道德尽管是最纯洁的，也会生出有害的结果。

一八〇四至一八〇五年之间，三分之二的被迫迁移的贵族都回到法兰西来，而德斯格里昂侯爵所居住的外省的贵族也差不多全数重新种植在祖传的土地之中。一部分的绅士当了差，有的在拿破仑的军队中劳役，有的在他的宫廷内服务；其他的贵族则和某些暴发户联姻。一切参加帝政运动的人都重新建立起他们的幸运，用皇帝的宽仁重新找到他们的财产；他们之中有很多的人都留居在巴黎，但是其中却有八九个贵族的家庭依然忠实于被废除的贵族制度和他们对于灭亡的君主政体的思想：例如骆慈—居昂家，诺瓦斯特家，维尔纳尔家，卡特兰家，特瓦维尔家等等，有的穷，有的富；可是金钱的多少并不算什么；古色古香，种族的保存，这才是这些家庭的一切，正如在一个古董收集家看来，勋章的重量和其中的文字跟人头肖像的雪白干洁或是模铸年代的古远比简直不算一回事似的。这些家庭推举德斯格里昂侯爵为领袖：他的家就变成了他们的文社。在那里，皇帝和国王只是波拿巴特先生；在那里，君主是那时候在米都的路易十八；在那里，地区总永远是行省，行政区总永远是总管区。令人钦佩的行为，绅士的正直，德斯格里昂侯爵的勇敢使他赢得了诚恳的尊敬；同样的，他的不幸的遭遇，他的忠贞，他的见解的恒定不变也使他得到城里人对他的一般的敬重。这个令人钦佩的残墟却有一切被破坏的伟大事物的威严。他的武士道的风雅是大家所共认的，所以他曾好多次被控诉人拉来当唯一的仲裁。一切受过高等教育的属于皇家的人，甚至于当日的权贵本人，都对他的偏见和他本人的品格同样的满意。但是，大部分新社会的人物（就是复辟时自称为自由党的人们，他们的秘密的领袖就是古瓦西埃）却对这只有十全而无可垢病的绅士可以加入的贵族娱乐场加以嘲笑。他们的怨恨是和那些忠厚的人众，庄严的乡下绅士，高级的官吏之认德斯格里昂侯爵的客厅为唯一上流社会的沙龙同样的程度的。皇帝的侍从，区行政长官曾用种种的步骤，希望能够受这沙龙的接待：他把自己的妻子谦虚的送到这里来，他的妻子是一位葛兰地刘家的小姐。所以，这些被拒门外的人众就在怀恨这外省的小圣日耳曼镇之下给德斯格里昂侯爵的客厅起了一个雅号，叫做古物陈列室，他们管侯爵叫做卡罗尔先生，税务局长也往往在知照纳税的公文上加了这个括符：（前此的格里昂家）。这种老式称呼的写法是一种戏弄，因为德斯格里昂的写法是占优点的。

“至于我，”布朗德·爱弥儿说，“如果我要搜集我的童年的回忆的话，我得承认‘古物陈列室’这句话总是使我失笑的，虽然我对阿尔孟德小姐颇有尊敬之心，我应当说是爱慕之心。德斯格里昂公馆坐落在两条街的角上，这两条街是城中行人最多的街道，客厅的两扇窗户朝向一条街，另外的两扇窗户朝向另外一条街。市场的广场就在距离公馆五百步的地方。这客厅当时就好像是一只玻璃龙，城里来往的人没有不给他投上一道眼色的。在我这个十一岁的小孩子看来，这间房子总好像是一种稀世的古董。后来富人家想到他的时候，这些古董总是存在于实物和虚幻的边境之上，而不能够知道到底他是更近于这一边或是那一边。这客厅是当年的公堂，他是盖在一层有铁条通风眼的地窖上面的，这里是当年藏匿罪犯的地方，这时候却是侯爵的厨房。我不知道到底雕刻得这样好看的伟大瓮高的罗佛尔宫①的壁炉是不是比我第一次看见这客厅的庞大的壁炉还会使我惊叹。这壁炉盖砌得西瓜一般，上面是亨利三世的大骑马像（这一块公爵采地就是在这个国王的努力之下合并于王朝的），这塑像是圆形的雕刻，周围是镀金的框架。天花板是由栗树木的大梁组成的，这些大梁构成了里边饰有花卉图案形的车盖。这天花板的突出角是镀金的，但是这镀金好不容易才可以看得出来，墙上挂有佛兰德尔的刺绣，用六张框有金色酒神杖的图画来代表所罗门的审判②，框架上画有爱神和半神半羊的怪物。侯爵曾经叫工人给这客厅铺上地板。在一七九三至一七九五之间所拍卖的别宫残物之中，法律公证人买到了路易十四时代的壁架，一套绣花的家具，几张桌子，一些挂钟，一些灯笼，一些多枝的烛台，这些物品冠冕堂皇的完成了这个和整个房屋不相调和的庞大的客厅。侥幸得很，这客厅却有一个和楼层一样高的等待室，这是古时代的初审法院的大厅，可以通到改为饭厅的判决室。在这些古代的老旧的装饰品的第一道防线上转动着八个或是十个老寡妇，有的头发苍白，有的枯燥漆黑得和木乃伊一般；这几个是坚硬的，那几个是弯曲的，大家都穿着马衣，和时髦的服装相反，这些马衣多少都带有奇怪的形状；满盖灰尘的头部散

① Louvre，即法国当年的王宫，现在的罗佛尔宫博物院是世界数一数二的陈列馆。

② 《圣经》中的故事。

着鬈缩的发环，她们的头巾都是蛋壳形的，她们的花边都是赭色的。最为滑稽或是最为严肃的图画都没有画到这些妇女的离题的诗章。当我遇到一位生有一副可以让我回想起这些女人的脸纹的面貌和服装的老太太时，这些妇女马上就重新活显在我的梦中，或是爬进了我的记忆。但是，无论我的颠沛如何使我领教不幸的秘密，无论我如何了解人类的一切的情绪，尤其是眼色和老年，我却从来没有在临死的人或是活着的人身上再找到任何某些灰色的眼睛所有的灰白的颜色，某些黑色的眼睛所有的骇人的活跃的色调。总之，无论是马杜林也好，是霍夫曼也好，这两个这时代最为凶恶的幻想也不会给我产生比这些雕鸟一般的躯体的自发的动作所给我产生的更为可怕的感觉。戏子的脂粉一点儿也不会使我惊异，我曾在那里看见过经年不褪的脂粉，天生的脂粉，我的一位至少和我一样顽皮的游伴这样的说。那里是些扁平而被皱纹挖陷的脸孔，就好像是德意志制的加刻的胡桃钳子头一般。我看见在铺地的石板上走着许多肿胀的躯体，许多结连不当的四肢（我从来没有想过来解释这四肢的组织和结构），许多四方形而非常特异的颚骨，许多过大的骨块，许多丰满的臂部。当这些妇人走来走去的时候，她们并没有让人觉得她们没有打牌时的死板不动的形状那样的奇怪。客厅里的男人们都显出灰黑的颜色，好像是褪了色的地毡似的，他们的生活受到无常的打击；但是他们的服装却非常接近当时所用的服装；不过他们的白头发，他们的枯萎的脸孔，他们那生蜡一般的颜色，他们的衰老的额头，他们的苍白的眼睛都使他们和那些破坏服装的实在性的妇女们有个类似的地方。我总有把握找到这些人物毫无改变的在同一的时刻围在桌边或是坐在椅上，这使我的眼睛看来是个我也不知道的什么舞台上的，仪仗式的，超自然的景象。后来，我从没有在巴黎，在伦敦，在维也纳，在即兴走进著名的什物贮藏库（在这里，年老的守卫会给您指示过去时代的繁华）而不把这古物陈列室的人物移居在其中。我们这些八岁到十岁的小学生，我们常常互相约定去看这玻璃笼下的稀世的古董，当做一种娱乐。但是，我一看到这甘美的阿尔孟德小姐，我就立刻发起抖来，然后我也就妒忌的钦慕着这位文雅的孩子维克杜尼恩，我们大家都预先觉得他的本性要比我们超卓。这位年青而活泼的孩子之突然来到这墓地一般的客厅里，不知道是用哪一种奇异的性质打击了我们。我们并没有正确的分析我们的思想，却觉得在这骄傲的宫廷之前只是渺小的中产阶级。”

打倒拿破仑的一八一三年和一八一四年的惨剧使这古物陈列室的客人们得到生命，尤其使他们觉得有重新找到当年的重要性的希望；但是，一八一五年外国军队之占领法兰西和继之而来的政府的变动使布郎德所维妙描写的这些人物的希望一直延期到德卡斯先生的失败时为止。所以这篇故事所述的实情只是发生于一八二二年的事情。

一八二二那一年，无论复辟给被迫移殖的贵族带来多少的利益，德斯格里昂侯爵的财产却并没有增加。在一切受过革命律法的打击的贵族之中，没有一个人再受到虐待。一七八九年之前，他们的收入大部分是来自公产的权益，正如几个大家庭的情形，这种公产的权益是由他们的努力零卖封地而增加他们所得到的买地税①而来的。实行这种制度的家庭都算是毁灭了，他们不能够再回来，路易十八想要给被迫移殖的贵族恢复尚未售卖的产业的命令不能够使他们得到任何的好处，而后来的赔偿法也不能够给他们多少的补偿。每一个人都知道他们所有的被废除的权利都在领

① 依据法国封建时代的法律，买到封地的人必得给封地所在的贵族纳一种税。

地的名义之下而为国家的利益恢复了起来。侯爵必然的属于那些不愿意和他所谓的乱党，后来议院里所称的自由党或宪政派（他不叫他们做革命党）和解的一派保王党。这些被反对派称呼为极端派的保王党人的领袖和英雄是右派的最大胆的演说家，自从第一次王家议会之后，这些演说家就和波里额克一样企图推翻路易十八的宪章，认为这是当时的要求和王室愿意因此而得回朝的环境所逼出来的恶劣的文献。所以，侯爵一点儿也不参预路易十八所要实行的风俗的改革，他保持冷静，执著纯粹右派的武器，等着恢复他的庞大的财产，甚至于不作兴维勒尔部长先生所关切的赔偿法，虽然这办法能够消灭违反法令而保持着的各产业之间的分别，而巩固国王的地位。一八一四年的复辟的奇迹，一八一五年拿破仑回朝的更大的奇迹，布尔崩王室的重新蒙尘和他的第二次回朝的奇迹，这现代历史上类似神话的一页正好惊愕了六十七岁的侯爵。在这年纪，这时代因为受革命和帝政运动所消磨（不是打倒）的最为骄傲的人物都在外省的僻处把他们的活动化为多情的不可动摇的思念；他们差不多都退守在那里的生活所有的麻木而温和的习惯里。当一个已经被人责骂为老朽的党派又都是一些老年的党员的时候，这不是一个可以使他忧愁的大不幸吗？何况，当一八一八年正统的王位好像不至于动摇的时候侯爵还自问过一位七十高龄的贵族到底能够到宫廷去办些什么事呢？他能够负起那一点责任，干些那一种职务呢？所以，高贵而骄傲的德斯格里昂就满意，而且应当满意君主和宗教的胜利，等待着这个久争不息，这个只是一个停战的意外的胜利所能给他的结果。于是，他是继续高踞在他的客厅的宝座上。这客厅是这样合式的被人称为古物陈列室。复辟的时代，这带有温和的笑谑的绰号却变成毒烈的，因为一七九三年的失败者现在却变成征服者了。

这座城市并不比其他外省的城市更能防止党争的精神所酿成

的仇恨和竞争的侵袭。出乎一般人的期待之外，古瓦西埃居然娶到了先前曾经拒绝过他的老小姐，虽然他的情敌是本城的贵族的一个腐败的后裔，某一个骑士；这骑士的威严的姓名，依据本城的旧日的习惯，可以充分的把他隐蔽起来，只要用他的衔头来呼唤他就够了，因为在这城里他是骑士，正如阿尔多瓦公爵在宫里是大人一样。这婚姻不但产生了外省所常有的全副武装的争斗，同时也促进了高低贵族的分化，中产阶级和拿破仑的权力压迫下而一时团结的贵族分子之间的对立，这给我们的国家种下许多恶果的分派。在法兰西，最为显著的国民性就是虚荣。虚荣被摧残的民众就渴望着平等，然而后来，最为激烈的改革家却又觉得平等是不可能的。保王党伤刺自由党心中最为敏感的地方。尤其在外省，两党的人都互相的仇恨，都彼此放出了可耻的诽谤。那时候，在政界里，人家都是用最为黑暗的举动来争取舆论的同情，来骗得那些等着给懂得武装他们的党人献出手臂的愚笨的观众的彩声。这种斗争也在那里成为了个人的争斗的方式。这些个人本来是政敌，不久也就变成了私仇。在外省，那些在京都以一般的理论的形式来争辩的问题或权利却很难不取短兵相接的方式。京都的争辩形式此后颇给胜利者养成伟大的风度，因此，拉飞特先生或白里埃·卡西美儿也还尊重维勒尔先生或柏郎纳先生的人格。拉飞特先生下令射击大臣们，然而如果他们于一八三〇年七月二十九日来到他家里的话，他却一定可以隐藏他们。孔斯顿·边查民给沙都勃里昂子爵送去一本他所著的关于宗教问题的书籍时，他却在里边附上一封谄媚的信，承认他曾受过路易十八大臣的恩典。在巴黎，人众是属于系统的，但是在外省，系统却属于人众，而这些总是碰面的不断激动的人众也总是互相在彼此的家里侦察，互相指摘彼此的谈话，互相观察，好像两个等着对方的最小的懈怠给他的肋骨插进一把六寸刀，或是自己做出疏忽的事情，和无情的赌徒一样的忙于怀恨的决斗者似的。在那里，人家就在攻击党派的借口之下用讥刺诗和谤语来攻击个人。这种争斗在古物陈列室里是用客气而无怨恨的形式来实行的。然而在古瓦西埃的公馆里却弄到应用一切野蛮的狠毒的武器的地步；文雅的讥笑，精神上的进步是属于贵族这一边的。您得知道：在一切的创伤之中，舌头和眼睛所做下的创伤，谑笑和轻蔑，是无法救药的。当骑士隐匿在贵族的圣山之上，放弃了混合的沙龙的时候，他却对古瓦西埃的沙龙加以冷嘲。他引起了战火，而不知道仇恨的精神会引导古瓦西埃的沙龙攻击古物陈列室的沙龙到什么地步为止。到德斯格里昂公馆来的只是一些纯粹的贵族，忠实的绅士和一些彼此相信的妇女；那里不会发生任何的疏忽。大家的谈论，大家的思想，无论是好是坏，是对是错，是好听是可笑，都不会让人抓住把柄来嘲笑。自由党得用打击政治行动的方法来取笑贵族，然而中间人，行政人员，一切和这些高级的权贵来往的人们却立刻给他们从自由党的场合里带来非常可笑的事实和话语。这种占下风的地位更使古瓦西埃的党羽加强了他们的报复的渴望。一八二二年，古瓦西埃当了地区的工业界的领袖，正如德斯格里昂侯爵当了贵族的头脑一般。他们两个人都代表一个党派。古瓦西埃并不直截了当的承认是纯粹左派的人物他却固执的采取将来有一天二百二十一个议员所规定的意见。所以，他就这样的联合了地区的法官，政界和财政界。古瓦西埃沙龙至少是和古物陈列室有同等的势力，他比古物陈列室更为人多，更有朝气，更为活跃，他轰动了全地区；然而另外一个沙龙却保持着原来的寂静，而且好像是属于这一派人所常妨碍的王权的，因为他促进王权的错误，甚至于引起了一些使王权灭亡的错误。自由党从来不能够让他们的候选人在这反对他们的领袖的地区里获选，他们知道一旦古瓦西埃任命为议员，他一定要坐在中央左派的席位，就是最接近于纯粹左派的席次。古瓦西埃的同志就是客礼三兄弟，他们都是银行家，长兄是十九位左派议员之中的出色的一个，这是一切自由党报纸所表扬的队伍，他们和路易十八所宠爱的一位宪政派世卿钢特维尔公爵有联络，也就支持他。所以，反对党宪政派总是便着在最后的时刻给古瓦西埃投上一张公开允许给一个后补候选人的选举票，如果古瓦西埃能够从保王党方面获到相当的选举票，让他得到过半数的话。每一次选举的时候，保王党都在德斯格里昂侯爵所领导的最高的部分对于古瓦西埃的行为所加的精密的猜测，分析和批判之下推翻了古瓦西埃，所以，每次的选举都增高了古瓦西埃对于德斯格里昂个人和他的党派的仇恨。最使彼此炽烈倾轧的就是一次狠毒张罗的陷阱的失败。

一八二二年，复辟初期四年的激烈的敌对行为已经缓和了。古瓦西埃的沙龙和古物陈列室都在互相认识彼此的强弱之后等待着偶然的机会，这各党派的救主。肤浅的人很满意这欺瞒王庭的表面上的平静；但是那些和古瓦西埃比较亲密生活在一起的人都知道在他身上，正如在一般只用脑袋来生活的人身上一样，报仇的意向是无法和解的，尤其当这意向有政治的野心来支持的时候。这时候，当年一听见德斯格里昂和骑士的名字就脸色发白发红的古瓦西埃，一听见人家说到古物陈列室或自己说到这句话就颤栗的古瓦西埃就装做一点儿也不知道的样子。他对那些一时比一时更为他所仇恨，更为他所察伺的敌人发出微笑。他装出因为没有胜利的希望而决定要安闲的生活的样子。帮助他计算这个冷酷的癫狂的计策的人，其中的一个就是郎塞勒法院院长，一个冒称得到古物陈列室的宠幸的乡下绅士。

法律公证人齐斯纳尔所谨慎管理的德斯格里昂家的小家产很难应付这位威严的绅士的开支，绅士的生活是贵族的，然而却没有任何的幸福。虽然德斯格里昂·维克杜尼恩伯爵（他是家庭的希望）的教师是主教大人付钱替他请来的一个老演说家，而且就住在公馆里，他还得给他一些报酬。一位女厨，一个阿尔孟德小姐的女仆，一个侯爵先生的男仆和其他两个家仆的工钱，四位主人的伙食，他们所没有忽略的教育费，这些开销整个的花去了侯爵的收入，不论阿尔孟德小姐如何的节俭，齐斯纳尔如何聪明的管理，家仆如何的讲意思。年老的法律公证人还不能够修理荒废的别宫，他等着租约到期来寻找增加收入的方法，也许是用新法耕种，也许是用货币价值的低落，这可以在一八〇九年所订的契约到期的时候得到结果。侯爵一点儿也没有学习过管理家庭的琐事和他的财产。给他启示用来度年（这是管理家事上的一句话）的许多格外的防范，这就好像是他的晴天霹雳似的。每一个人看着他走到事业的尽头，也就犹豫去消耗他的家产。宫廷和国家方面，谁也没有想到德斯格里昂家的伟大，就是在城里各家的门前或是地区的几个地方，也是没有人知道的。然而这家望的伟大却在侯爵和他的党羽眼中发生光辉。当受劫的贵族们回到他们的领地，甚至于当这位美丽的承继人维克杜尼恩能够在宫中出现而给国王当差，再学着当年的德斯格里昂一家一样和一位拿发莲家，一位卡迪昂家，一位杜西尔家，一位包西恩家，一位布拉孟—楚夫利家的小姐，总之，一位结合一切的贵族，财富，美丽，精神和品格的特性的女郎结婚的时候，德斯格里昂家就要重新在这位承继人的身上得到光耀的家声。那些到他家里来过夜会的客人，骑士，特瓦维尔，骆慈—居昂，卡特兰，维尔纳尔公爵，这些久惯于把侯爵看做伟人的人众都给他养成这些思念。这种相信并没有什么撒谎的成分，如果人家能够把最后四十年的法兰西的历史拭去的话，这相信就是非常正确的。但是最为可敬的礼仪，最为真切的法律（正如路易十八曾于在位第二十一年的时候设法写在他的宪章上的一样）都只能够在经过一个普遍的承诺之后才可以存在：德斯格里昂一家缺乏现代政治语言的根源，金钱，这近代权贵的伟大的光辉；他们也缺乏历史的继续，这著名的历史在宫廷之内或在战场之上，在外交界里或在法律场中都好像是一篇探险记一样的写成一本书，他就好像是神圣的膏油倒在每一代的头上一般。一个不活动的被人忘记的贵族家庭就像是一位愚笨的，丑陋的，穷苦的，贤慧的女郎，这刚刚好是不幸的四条支柱。一位特瓦维尔家的小姐和孟高尔尼将军的结婚不但不能够使古物陈列室生色，而且几乎酿成特瓦维尔家和德斯格里昂家的破裂，因为这后者宣称特瓦维尔家是自找麻烦。

在这社会之中，只有一个人不参预这些幻想。这个人就是年老的法律公证人齐斯纳尔。虽然这篇故事已经证明他对这一家庭的忠实是绝对的（这家庭那时候只剩下三位主人了），虽然他都接受这些意见而找到他的价值，他却未免太富于感觉，对于这地区的大部分的家庭做了太多的事情，他不会不盲从这些人物的运动，不会不认识工业和近代习俗所产生的巨大的变化。当年的总管看着革命从武装男人，妇女，儿童，张架断头台，砍杀人头，在欧洲各战场上得胜的一七九三年的残暴的动作变为计划建设的思想的温和的动作。开拓和播种之后就来了收获。在他看来，革命产生了新时代的精神，他在成千的创伤的深处摸触到这精神所表现的事实，他发现这些事实都是无可挽回的完成。国王头颅的被杀，王后的被斩，贵族财产的瓜分，这些事情在他看来都是和利益大有关系的斗争，有关的人绝不会让人来打击已成的结果。齐斯纳尔看得对。他对于德斯格里昂家的偏袒是整个的。然而却不是盲目的，这使他的人格更为美化。让年青的僧侣看见天使的信仰是比指示天使给他看的年老的僧侣的力量更为虚弱的。当年的总管就像年老的僧侣，他甚至于可以牺牲生命来防卫一只虫蛀的神龛。每一次，当他的千般的谨慎，有的时候带笑的，有的时候令人惊愕或是悲痛的给他的主人解释新闻的时候，他就在侯爵的嘴唇上遇到先知一般的微笑，在侯爵的灵魂里遇到认为这些疯狂都要跟其他的事情一样的成为过去的信念。谁也没有注意到这些事件是如何的帮助这些被毁的贵族的领袖支持他们的信仰。当老侯爵用一个庄严的姿态说“上帝扫荡了波拿巴特，他的军队和他的新的直隶污侯，他的宝座和他的广阔的野心！上帝一定会再来解放我们！”的时候，齐斯纳尔能够回答什么呢？

齐斯纳尔忧愁的低下了头，不敢辩答说：“上帝不会愿意扫荡法兰西！”

他们两个人都是很美的：一个笔直的站在事实的急流的对面，好像是阿尔卑山的深渊里所有的一块满生藓苔的老花岗石似的；一个观察着水流，想要利用他。良善可敬的法律公证人看着德斯格里昂·维克杜尼恩伯爵的精神，他的习惯和未来的思想里的信仰所产生的不可救药的疯狂，不禁叹了一口气。

这位年青的承继人受他的姑母和他的父亲的溺爱，他的确是一位可以满足父亲和母亲的幻想的放纵的儿童，因为他的姑母在他看来就和真母一般；但是无论一位女郎如何的温存，如何有眼光，她总缺乏一些我也说不出来的什么母性的情爱。一位母亲的灼见一点儿也不存在。像阿尔孟德小姐这样贞洁的和他的养子维克杜尼恩相结合的姑母，她能够跟亲生母一般的爱他，她能够跟亲生母一般的关切，一般的善良，一般的精细，一般的宽恩，但是她却不能够用亲生母所有的预防和专心来严厉的爱护他，她也并没有亲生母所有的这些突如其来的警戒，这些不宁的幻觉。在亲生母身上，虽然是隔断的，交通儿童和母亲的神经系统或是精神系统的联系还是可以颤动的，这些母亲和儿童交通的时候也曾会接受一切苦痛的毁害，为一切的幸福而发抖，好像是自己生命中的一桩事故似的。如果天性把女人看做一块中立的土地的话，从物理的观点来说，在某些情形之中，天性并没有防止她去把自己和自己的工程整个的合一：如果精神上的母性和物质上的母性连合在一起的话，您就可以看出这些可钦佩的现象（没有解释过，而不是不可解释的现象）如何的表现出母性的偏爱。这篇故事的惨剧再一次的给我们证明这个人世所共知的真理：母亲不能够由别人来代替。在一位像阿尔孟德小姐一般的女郎承认他是一种不幸，甚至于已经发生了不幸之前，一位母亲早就可以预先看到这不幸了。一个是事先看到惨剧，一个是事后加以补救。一位女郎的人造的母爱包含有过多的盲目的疼爱，她不能够惩戒一位好孩子。

生活的实践，世事的经历让年老的法律公证人产生出一种富有观察力的聪明的疑惧，甚至于使他走到赋有母亲的预见的地步。但是，这家庭没有多少的事情，尤其在他因为提议给一位德斯格里昂小姐和古瓦西埃结缡而陷入失宠的田地之后，这使他从此之后只好允许自己盲目的顺从这家庭的规矩。他是一个忠于职守便着牺牲的简单的兵士，他的意见从来不会得到人家的听从，就是在风波最大的时候也是如此，除非偶然的事故把他和《古董商》中所述的爵士父女在海边被海潮惊吓的时候来到海边的乞丐一样的放置在这里。

古瓦西埃看出可以在人家给这位年青的贵族所受的矛盾的教育之中来实行一个凶恶的报复。依据刚才所述的作者[①]所用的巧妙的词藻来说，他希望用母羊的乳汁来淹毙小羊。这种希望给他感应实行一种寡言的退让，而在他的嘴唇上挂上野蛮的微笑。

① 即《古董商》的作者斯各脱。

二　恶性的教育

自从维克杜尼恩伯爵的脑袋可以想起一个意念的时候起，人家就再三灌输他一种教条，认为他是与众不同的；除了国王之外，一切王国的权贵都是和他平等的；在贵族之下，其他的人只是一些他的下属，和他没有任何共同之点的人众，他不必把他们瞧在眼里，或是一些不必加以理睬的被征服的仇敌，他们的意见不应当引起一个绅士的任何的注视，他们都得恭敬他。不幸得很，维克杜尼恩被一种引导儿童和青年走到善恶的最后的结果的严格的逻辑所激动，而把这些见解发展到极端。他的外表的优点也给他证明他的信念的准确。他是一位非常美丽的儿童，他变成一位父亲所能希望的外貌最佳的青年。中等的身材，然而却结构得宜，他的外表是细雅的，然而却是筋肉强健的。他有德斯格里昂家的晶亮的蓝眼睛，这一家的标准的钩鼻子，鸭蛋形的脸孔，栗中带灰的头发，白皙的皮肤，潇洒的步伐，雅致的四肢，细长而曳起的指头，脚上手上的出色的筋节，有福气而细致的线条，可以和指明马种一样的指明人种的纹路。他对一切躯体的运动都很精巧，都很敏捷，他打得一手好手枪，和一位圣乔治一般的应用武器，和一位骑士一样的骑马。他鼓励了父母们对于他们的儿女的外貌而生的一切虚荣心，这些虚荣心是基础在一个正确的思想，美貌的影响之上的。美貌和贵族的血统一样，他也是一种特权，他是天生的，到处认得的，往往比财产和才能更有价值，他只需要显露出来就可以比别人强，人家只要求有他的存在。在贵族的血统和面貌的美丽这两个特权之外，德斯格里昂·维克杜尼恩又偶然赋有一种激奋的精神，要了解一切的奇能和强记。他的教育从这时候起就已经完成了。他比一般外省的贵族青年都更有学问，一般外省的青年都变成猎夫，烟客和出众的业主，但是他们却用相当放肆的态度去看待科学和文学，艺术和诗章，一切使他们生厌的超卓的才能。这得天独厚的禀赋和这种教育应当够得让德斯格里昂侯爵有一天去实现他的野心；他看他的儿子可以当法兰西的元帅，如果维克杜尼恩要进军界的话；可以当大使，如果外交的事业引诱他的话；可以当部长，如果行政事业对他微笑的话；一切政府中的东西都是属于他的。总之，伯爵是他父亲的一个合意的思念，他将来不必靠德斯格里昂的家姓显耀，他是用自己的功迹来出名的。这幸福的童年，这黄金时代的青年，他从没有逢遇过违反他的欲望的事情。维克杜尼恩是家中之王，谁也不能够在这家里来管束这小王子的意志，他自然而然的变成王子一般的自私，最凶猛的中世纪的主教一般的顽固，既无礼貌，又极大胆，这刚刚好是人家所认为贵族的两个主要的性格而加以神圣化的两个恶癖。

当年的灰色的铳卒往往破坏巴黎的戏院，凶殴站岗的守兵和招待员，做出少年贵族的服役所学的成千的把戏，而在国王的嘴唇上找到一个微笑（当然这些把戏应当都是滑稽的）。骑士就是这种时代的人物。这位迷人的诱惑者，这位当年的街中的英雄对于这篇故事的不幸的结局颇有相当的贡献。这位可爱的老人没有找到任何可以了解他的人，却很快乐的碰到这个可以唤起他的青春的回忆的可敬的脸孔。他没有察出时代的不同，而给这位年青人的灵魂灌入了百科全书派的放逸的原则，给他叙述路易十五朝代的逸事，夸耀一七五〇年的风俗，述说小家庭的狂饮过食，妓女们所有的疯狂，债权人所受到的笑谑，总之，一切嘲笑丹古尔的喜剧和鲍马赤的讽刺的道德。不幸得很，这隐藏在过度华丽词藻之下的腐败表面上却好像是一种福尔泰尔派的精神。如果有的时候骑士说得太远一点儿的话，他就认为上流社会的规矩是一位绅士应当随时服从的正轨。维克杜尼恩只懂得这些言词之中可以阿谀他的感情的部分。他先看见他的老父亲和骑士一道儿发笑。两位老头儿认为一位德斯格里昂的天生的骄傲是一种可以抵抗一切不方便的事物的相当坚强的壁垒，而家里也没有一个人想象一位德斯格里昂可以违反光荣。光荣这伟大的贵族的原则就好像是一座灯塔一般的建立在这家庭的一切的人的心中，他照引他们的最微细的行动，激动诸位德斯格里昂的最微末的思想。“一位德斯格里昂不能够做某一桩或某一桩事，他有一位可以使他的将来和过去相连结的家姓。”这是唯一可以使贵族继续存在的一句格言，这句话就好像是叠句一样的由老侯爵，阿尔孟德小姐，齐斯纳尔和公馆的熟客们给加在维克杜尼恩的童年的摇篮上。所以，善和恶都以同等的力量出现在这位年青人的心灵中。

十八岁的年纪，当维克杜尼恩到城里去看人的时候，他就注意到外界的社会和德斯格里昂公馆里面的社会有点轻微的对立，但是他却并没有去研究这情形的原因。原因是发生在巴黎。他还不知道那些晚上在他父亲家里有那样大胆的思想和谈论的人众都因为利害的关系而和他们的仇敌交好，在仇敌之前显得非常的谨慎。他的父亲已经养成坦白说话的习惯。谁也没有想逆忤七十岁高龄的老人的议论，大家并且都自动的把一位受过浩劫的人的忠实认为是古时代的世道。上了外表的当，维克杜尼恩的行为都是想要干犯全城的中产阶级的怒气的。他曾经因为打猎而碰过许多他的烈性所推到极端的困难，这些困难终于酿成了许多严重的官司，都由齐斯纳尔用金钱来停息，人家也不敢告诉给侯爵听。请你们判断一下，德斯格里昂侯爵是不是知道他的儿子因为在他的土地上，界域里，森林中打猎而在圣路易的一位儿子的统治之下被追究呢！齐斯纳尔说，人家太骇怕会使他堕入这些苦景的事情。年青的伯爵还自许在城里干些胡闹的勾当，骑士所说的轻薄的爱情，这些事情终于叫齐斯纳尔花了许多随便给被诱的少女答应结婚所需要的嫁资。另外还有法典中所谓的诱拐未成年少女的官司，这些官司因为新的法律的暴虐不知道会把年青的伯爵弄到什么地步，如果没有齐斯纳尔的帮忙的话。这些克制中产阶级的法律的胜利使维克杜尼恩更加大胆。因为他惯于履险如夷，年青的伯爵就不在笑谑之前退缩。他把法庭看做是一些抓不住他的虚声恫吓的稻草人。他所责骂平民的在他自己方面却是可以宽恕的娱乐。这种行径，这种性格，这种只服从贵族法典而轻蔑新法的倾向就由古瓦西埃派的几个能干的人物加以研究，加以分析，加以试验。这些人就拿他做根据让人众相信自由党的诽谤是启示，相信回返当日的纯粹秩序其实是内阁派政治的基础。在他们看来，这样对于他们的断言加以一半的证明，这是多么痛快的啊！郎塞勒院长和检察官就这样巧妙的顺从这些和法官的责任可以两立的条件；院长甚至于用过度的计算去放任他，很高兴能够使自由党叫唤要求过分的让步。他就这样的装做帮忙德斯格里昂家，其实是激起反对这一家庭的情绪。这位卖友的人物有个秘密的思念，就是要在依据一个严重的事实，受舆论的支持的时候而显得自己的清廉。伯爵的恶劣的禀性就由他的“侍从”之中的两三个年青的少年加以恶意的鼓励，他们逢迎他，因为要骗取他的恩典，他们吹嘘他，服从他的意欲，想方法让他在贵族们只能够用半世纪的极端的谨慎而保全权力的时代相信贵族的超卓性。古瓦西埃希望让德斯格里昂家走到穷途末路的地步，看着他们的别宫被拆毁，看着他们在土地被人家拿来零星的拍卖，因为这位轻率的年青人的柔弱和他的疯狂可以惹出一切的祸害。他并不走得更远，正像郎塞勒院长一样，他并不相信维克杜尼恩会受到法律的裁判。这两位人的报复刚刚好是维克杜尼恩的过分的自尊和他对于欢乐的爱好来支持。郎塞勒院长的儿子是个十七岁的少年，他是个最会挑拨是非的孩子，他是伯爵的一个同伴，又是伯爵的一个最无信义的臣属。古瓦西埃用一种新的方法来清偿这位侦探，巧妙的训练他去驱逐这位高贵而美丽的孩子的德性，嘲弄的指导他去刺激他的牺牲品的恶性的技术。郎塞勒·发边刚刚好是一个天性嫉忌而聪明的年青诡辩家，这一类的欺罔刚刚好是他所喜悦的，他就在这里找到了外省的聪明人所缺乏的这种高妙的娱乐。

自十八至二十一岁之间，维克杜尼恩差不多花去了可怜的法律公证人八万佛郎的数目，是阿尔孟德小姐和侯爵所不知道的。大半的数目是用在和解官司之上，其余的则是这位年青人的滥费。侯爵所得到的一万佛郎的年收，五千佛郎是维持家用所必要的；无论阿尔孟德小姐如何的小算，他的费用和侯爵的零花也用去了两千佛郎；美丽的储式所有的花费所以就到不了一百路易了。两千佛郎怎么能够使他显得阔绰呢？只服装一项就用去了他这收入。维克杜尼恩的衬衫，礼服，手套和香水都是从巴黎买来的。维克杜尼恩想要一匹英吉利马，一匹驾驶两轮轻车的马和一辆两轮轻马车。古比西埃有一匹英吉利马和一辆两轮轻马车。贵族难道要让中产阶级压碎吗？然后，这位年青的伯爵还要一位小僮来当他的家仆。人家阿谀他能够给城里给地区，给年青人生色，他就走进美丽而聪明的年青人所常有的幻想而奢侈的国度里来。齐斯纳尔供给他一切，他并不是没有和古代的议院一样应用他的劝谏的权利，然而他却是用天使一般的温和说出来的。

“真是不幸，这位这么好的人却这样的啰唆！”每次，当这位法律公证人用一笔款来敷贴血腥的伤痕时，维克杜尼恩都这样的对自己说。

齐斯纳尔是个没有独生子的鳏夫，他在心坎的深处把旧日的主人的儿子当做养子来看待，他很愉快的看着在一切人家的羡慕之下手中拿着鞭，钮洞中插着一枝玫瑰花，穿得一身的华丽，从两轮轻马车的双重坐褥上露出他们的身躯，穿行城中的大街。维克杜尼恩在特瓦维尔家里，维尔纳尔公爵家里，区行政长官家里或是税务总局局长家里赌钱输了，在急迫的需要之下，带着温和的音调，忧愁的眼睛，谄媚的姿态到柏尔盖伊街角一间朴素的房子里来找年老的法律公证人，他的救星时，齐斯纳尔就显得好像攻占一座城池似的神气。

“唉！您怎么啦，伯爵先生？您有什么事呀？”老年人用变化了的声音问。

大日子的时候，维克杜尼恩就坐着，愁闷和梦想的神气，做了许多媚态，让人家来对他发问。好好先生开始怀疑这样支持的浪费会弄出什么结果；当伯爵给这位好好先生产生许多忧虑之后，他就承认一个用一千佛郎钞票去偿购的小罪。齐斯纳尔除了事务室以外，还有一万两千佛郎的年息。这资本并不是不可汲尽的。所费去的八万佛郎是他节省下来为着侯爵把儿子送到巴黎去用的，或使伯爵的婚姻容易圆满成功用的。维克杜尼恩不在的时候，齐斯纳尔就很明白，他渐渐的失去了那些抚摸侯爵和侯爵的妹妹的幻想。他认得这孩子整个的缺乏行为的智慧，就想让他娶一位贤慧的谨慎的贵族小姐。他自问一位年青人怎么能够想得这么好而做得这么坏，因为他看见这年青人第二天做的事都是和前一夜所说的相反。但是，那些承认错过，后悔错过而再重新犯罪的年青人绝对不会让我们等他有变好的一天。有伟大品格的人只对自己承认自己的错过，他们自己责罚自己。至于弱者呢，他们重新堕入旧习，而觉得边缘难于沿行。这一类的保护人已经在维克杜尼恩身上附和他的同伴，他的习惯所叫他做的事情，已经使伟人的秘密的骄傲的弹簧弱化了，维克杜尼恩终于在他的力量需要训练，需要养成欧贞王子，福勒德利克二世，拿破仑的逆意而穷困的环境的时候忽然走到迷好逸乐的人的柔弱的地步。齐斯纳尔看见在维克杜尼恩身上有一种不可制驭的欢乐的癖嗜，这癖嗜应当是赋有大机能而觉得必须用娱乐的补偿来平衡训练的疲劳的人物的采地。但是这些欢乐却把只会追求肉欲的人们引到地狱里去。这位好好先生时时刻刻的惊惧，但是可以使这位年青人变成这样惹人注意的深刻的机智和广阔的聪明也时时刻刻的使他放心。当他听到关于某种胡闹的谣言时，他就和侯爵一样的对自己说："这青春时代应当让他过去！"当齐斯纳尔对骑士埋怨这年青的伯爵喜欢欠债的怪癖时，骑士就用冷笑的态度装上一撮鼻烟，听着他。

"请您解释给我听什么叫做公债，亲爱的齐斯纳尔，"他回答他说，"唉！如果法兰西国家都欠了债，为什么维克杜尼恩就不应当欠债呢？就像从前一样，现在的王子们也欠了许多的债。您要不要维克杜尼恩偶然间给你带许多钱来呢？您知道我们的伟大的李慈刘，不是杀害贵族的穷困的李慈刘主教，而是李慈刘元帅，您知道当他的孙子支农亲王，李慈刘家的最后的子孙告诉他并没有拿大学的钱来做自己的消闲费的时候，李慈刘元帅怎么办吗？"

"不，我不知道，骑士先生。"

"好，他就把钱包从窗口扔出去，扔给一个打扫庭院的工人，而对他的孙子说：'人家难道没有在这里教你怎么当亲王吗？'"

齐斯纳尔低下了头，没有说话。然后，夜里临睡之前，这位忠厚的老年人就想，在"训导警察"为每一个人而存在的时代里，这些教义未免太有害处了：他看出这是伟大的德斯格里昂家道的毁灭的根源。

如果不是这些用来描写帝政和复辟两时代的外省生活的故事的一段解释的话，我们就不容易懂得这冒险的故事所开端的景象。这故事是在一八二二年十一月梢的一个晚上，古物陈列室的熟客，年老的伯爵夫人们，年青的公爵们，简单的男爵夫人们赌完牌，算完账的时候发生的。德斯格里昂小姐到客厅来亲手灭熄赌桌上的蜡烛，年老的绅士就在这客厅里慢慢的踱来踱去，他不是一个人单独徘徊的，他还有骑士和他在一起。这两位前一世纪的遗老谈到维克杜尼恩。骑士负责给侯爵说出关于这题目的开场白。

“是的，侯爵，”骑士说，“令郎在这里荒废时间，消磨青春，总之，您应当把他送到宫里去。”

“我常常想到如果我的年龄不允许我到宫里去的话（在宫里，我只对您说，看见那里所发生的事情，我不知道要在国王所接待的新进的人物之中做些什么），至少我要把我的儿子送到宫里去给国王陛下献上我们的敬礼。国王得给伯爵一些东西，或是叫他带领一队兵士，或是叫他在国王家里服役，总之让他开始军旅的生活。我的伯伯总主教曾经惨酷的苦痛过，我曾经打过仗，而没有逃营，就像那些相信有随从王子的责任的人一样：依我看来，国王就是法兰西，他的贵族应当环侍他。唉！谁也没有想到我们，然而亨利四世却一定会早就给德斯格里昂家写过你们来罢，朋友们！我们得胜了。不过，我们总比特瓦维尔家好一点儿，然而这里却有两位特瓦维尔被命为法兰西的世卿，还有第三个当了贵族的议员（他把大选举会认做是他的阶级的议会）。真的，人家不再想到我们，好像我们已经不存在似的！我等着亲王们旅行经过这里；但是亲王们不会到我们这里来，所以，我们得到他们那里去。”

“我很高兴知道您想把你的亲爱的维克杜尼恩介绍到社会里

去，”骑士巧妙地说，“这座城是个窟窿，他不应当把他的才能埋没在里头。这里所能碰到的只是一些相当愚傻的诺曼地人，相当粗野的富有的诺曼地人。他能跟他们做些什么呀？……他的妻子呢？啊！我的天哪！”

“我希望他爬上王国或是内宫的一个什么好位置之后才结婚，”老侯爵说，“但是，这里有许多严重的困难。”

这些是侯爵认为他的儿子开始干事业的唯一的困难：

“我的儿子德斯格里昂伯爵，”他叹了一口气，歇了一歇之后又说，“他不能够像叫化子一样的走到人前，我得给他装饰装饰。咳！我们已经没有两世纪之前我们所有的绅士的扈从了。啊！骑士，这种彻头彻尾的破坏总是在米拉保所打来的第一锤之后的第二天来找我的。现在的问题只在于有钱，这是我从复辟的恩典里所看得清楚的唯一的事情。国王并不问您到底是不是发罗瓦的后裔，到底是不是诸位征服高尔的骑士之中的一个，他只问您是不是纳了一千佛郎人头税。所以，没有这么两万厄古，我就不会把伯爵送到宫里去……”

“是的，用了这个臭东西，他就可以显得风流漂亮。”骑士说。

“好，”阿尔孟德小姐说，“我已经请求齐斯纳尔今天晚上来，骑士，您会相信自从齐斯纳尔给我提议嫁给这位悲惨的古瓦西埃那一天起……”

“啊！这真是太不成话了，小姐！”骑士喊道。

“不可赦免的！”侯爵说。

“唉！”阿尔孟德小姐接着说，“我哥哥从来不会决定问齐斯纳尔要什么东西。”

“问你们的旧家仆吗？”骑士接着说。“啊！侯爵，您简直是给齐斯纳尔赏个面子，是他到最后的一息止都得感谢您的。”

“不，”绅士回答说，“我并不觉得当得起这个。”

“这确是当得起的！这是必要的，”骑士一边接着说，一边轻微的颤栗着。

“绝不！”侯爵用一种姿态嚷着回答说，这姿态使骑士决定冒险去给侯爵一个大打击，使这老头儿明白。

“唉！”骑士说，“如果您不知道这个，我就得告诉您齐斯纳尔已经给令郎送去一些东西，好像是……”

“小儿绝不会从齐斯纳尔手里收到任何的东西，”老年人打断骑士的话，骄傲的喊道，“他能够问您，向您要二十五路易……”

“好像是十万佛郎，”骑士继续说。

“德斯格里昂伯爵短了一位齐斯纳尔十万佛郎！”老年人显得十分苦痛的样子，嚷着说，“啊！如果他不是独生子的话，他今天晚上就得拿舰长的执照到岛国上去！短了放高利贷的人的钱，人家可以拿高利去还清，好！但是短了齐斯纳尔；一个有关系的人！”

“是的，我们的可敬的维克杜尼恩已经吃了十万佛郎，亲爱的侯爵，”骑士一边接着说，一边抖了抖落在背心上面的烟末，“这不算多，我知道。在他这年纪，我！……总之，让我们留下我们的回忆，侯爵。伯爵生活在外省，依据一切的比例，这并不算坏；我看他正有将来成功大业的人的恐慌……”

“他就睡在那上边，没有告诉他父亲任何一句话！”侯爵喊道。

“他就和一位只害了五六个中产阶级的小姑娘的无罪的孩子一样的睡着，现在他得害到公爵夫人了。”骑士回答说。

“可是他不是要招来上谕吗？”

“他们已经取消了上谕了，”骑士说，“您知道，就跟人家所叫唤的，人家什么时候想方法去组织一个特殊的法庭。我们不能够保持波拿巴特爵士先生所叫做军法会议的临时重罪审判厅。”

“唉！要是我们生了疯孩子或是太坏的孽儿的话，我们要变成什么样子呢？我们就不能够再把他们关起来了吗？”侯爵说。

骑士瞧了瞧失望的父亲，而不敢回答他说：“我们要被迫去好好的教导他们……”

“您，您也没有告诉过我任何关于这事情的话，德斯格里昂小姐。”侯爵接着质问他的妹妹。

这些语气总表现出他的愤怒，因为平常他叫她做我的妹妹。

“但是，先生，当一个活泼而热烈的年青人在这么样一座城市里无事可做的时候，您要他做些什么呢？”德斯格里昂小姐说，她还不懂得哥哥的怒气。

“咳！欠债，”骑士接着说，“他赌钱，他干些小冒险，他打猎，在这年头，这一切都得花很多的钱。”

“算了罢，”侯爵接着说，“这是把他送给国王的时候了。明天我要费一早上的时间给我的亲戚们写信去。”

“我认识一点儿拿发莲公爵，勒农古尔公爵，莫夫利额士公爵，楚刘公爵。”骑士说，他自己倒觉得被人家所忘记了。

“亲爱的骑士，用不着这么多的仪式来把一个德斯格里昂家的少爷介绍给宫廷，”侯爵打断骑士的话，说。“——十万佛郎！”他对自己说，“这齐斯纳尔真够大胆啊。原来这就是这些该死的胡闹的结果……不，我的妹妹，您可以办这一桩事。齐斯纳尔可以从我们的整个财产上得到保证。然后，再请洗一洗这个年青糊涂虫的脑袋，因为他会走到自毁的地步。”

骑士和德斯格里昂小姐觉得这些话都是很自然的，虽然其他一切的人听了总会觉得太滑稽。这两位人物不但不觉得这些话可笑，他们而且都因为老头儿脸上所表现的悲痛的印象而大受感动。这时刻德斯格里昂先生正在几个凶恶的预见的重压之下，他几乎揣测了他的时代，他走去坐在火炉边的靠背椅上，忘记了应当得到这里来的齐斯纳尔，他不愿意再向齐斯纳尔要求什么了。

那时候，德斯格里昂侯爵所有的姿容是带有诗意的幻想所要他表现的。他那几乎光秃的头部还有一些纤细的白头发，在脑袋的后面梳成扁平的螺形线，而于末端上打成发鬈，他那美丽的额头满充着高贵的品质，这个人家在路易十五，在鲍马赤，在李慈刘元帅的脑袋上所欣赏的额头既没有让人家看到萨克逊元帅的庞大的四方形，也没有让人家看到福尔泰尔的细小，坚硬，紧凑而过度丰满的圆形；然而却是带有柔软的金色的鬓角而细加修整的凸出的额头。他那晶亮的眼睛投射出不是年龄所能挫折的勇气和热情。他有刚地家族的鼻子，布尔崩家族的可爱的嘴，正如阿尔多瓦伯爵所常说的，这嘴只发出聪明伶俐的词藻。他的双颊比较是斜切的，而不是素圆的，和他的干枯的身躯，细雅的腿，肥厚的手正好相调和。他的颈项是由一条领带给他缩紧的，正如前一世纪的一切书籍的对面所画的侯爵的领带一样，您可以在圣布勒，在罗维拉斯，在中产阶级迪德罗和潇洒的孟德斯鸠的书中主角身上看得到（请参阅这些作家的初版的著作）这情形。侯爵老是穿一件绣金的白色大背心，背心的上面发亮着圣路易骑士的勋绶；身上穿着带有大裾反衽而饰有百合花的蓝礼服，国王所规定的特殊的服装。但是侯爵并没有放弃法兰西的裤子，白色的丝袜和铁钮。晚上十点钟之后，他就穿得整整齐齐的。他只阅读《每日新闻》和《法兰西新闻》，这两种报纸是宪政派所骂为愚民主义，富有君主主义和宗教色彩的过激的思想的，然而侯爵却觉得其中满充有异端和革命的思潮。无论一种舆论的机关是如何的言过其实，他们总还赶不上他们那一党派的纯粹分子的极端；同样的，描绘这个伟大人物的画家也一定被人责骂为失真，虽然他已经减弱了一些过分生疏的色调，消除了他的模特儿身上的过分刺目的部分。

德斯格里昂侯爵把手肘放在膝盖上，把脑袋抱在双手中，在他默思的整个时间里，阿尔孟德小姐和骑士就互相的瞟视，而没有交换任何的思想。侯爵是不是因为得把儿子的前途偿还给他的旧总管而觉得苦痛呢？他是不是怀疑人家对于伯爵的欢迎呢？他是不是因为准备好让他的承继人走进宫廷的光耀的社会里去，而受贫穷的牵累，还只住在外省的僻处里而觉得抱憾呢？因为他怎样能够在宫廷里显耀呢？他仰起头来，叹了一口深长的气。

这个叹息是那时候的真正而忠诚的贵族所发出的许多叹息之中的一个，这些贵族就是当时住在外省而被人这样忘记了的绅士，因为大部分的贵族都曾经拿过宝剑，在风波里挣扎过。

“人家给那些从来没有投降过的桂里克一家，方登一家，卜凡一家做些什么呢？”他低声对自己说，“人家只给这些最勇敢战斗过的人送去极乎微末的津贴费，派他们当边境上的什么堡垒的中尉！”

很明显的，侯爵怀疑了王权。德斯格里昂小姐极力想方法用这旅行的前途来安慰她的哥哥。正在这时候，人家听见街中干枯的小铺石路上，沿着客厅的窗户底下有步伐的声响，这宣告了齐斯纳尔的来临。伯爵的老仆人约瑟芬一声不响的开了门，法律公证人立刻就出现在门上。

“齐斯纳尔，我的孩子……”

法律公证人年纪六十九岁，雪白的头，方形而可敬的脸孔，可以让斯太因完成一首诗歌的描写的大裤子；他穿着一双呢袜，一双带有银钩的鞋，一身祭披式的礼服，一件见证人的大背心。

“——……你未免太自负敢借钱给德斯格里昂伯爵啦！你应该受到我所要立刻给你的责罚，我们永远不想再看见你，因为你怂恿他的恶习。”

一会儿的岑寂，正如国王在宫里公开的惩戒一个侍臣一样。老法律公证人的态度是谦卑而忏悔的。

“齐斯纳尔，我的孩子，你未免太自负，敢借钱给德斯格里昂伯爵啦!”

“齐斯纳尔，这孩子真让我发愁，”侯爵好意的说，“我要把他送到巴黎去，让他在那里伺候国王。你得跟我妹妹商量好，别让这事情显得不合式……我们可以清算我们的账……”

侯爵沉痛的退了出去，一边用热昵的态度给齐斯纳尔致了一个敬礼。

“我谢谢侯爵先生的好意。”依然站着的老年人说。

阿尔孟德小姐站了起来，去送她的哥哥；她按了铃，仆人走到门前，手里拿着火把，来找他的主人。

“请坐罢，齐斯纳尔。”老小姐回来说。

阿尔孟德小姐用女人的精明给侯爵和他的旧总管之间的关系除去了一切的粗俗的色彩，虽然在这种粗俗的色彩之下，齐斯纳尔猜想到有一个伟大的感情的存在。侯爵对于当日的家仆的情爱就好像是主人对于家狗的垂青一样，这家狗可以使主人和任何踢打这牲畜的人打架；主要把这牲畜看做是他的存在的不可分离的一部分，是一件虽然不完全是他自己，然而却在他所最亲切的事物之中代表情绪的东西。

“这是叫伯爵先生离开这城市的时候了，小姐。”法律公证人好像背诵格言一般的说。

“是的，”她回答说，“他难道又让自己做了些什么胡闹的事情吗？”

“没有，小姐。”

“那末！为什么您责罚他呢？”

“小姐，我并没有责罚他。不，我并没有责罚他。我一点儿也不责罚他。我甚至于永远也不会责罚他，无论他干了什么事。”

谈话停顿了。非常敏锐的骑士就好像是被梦魔压迫的人一样的开始打呵欠了。他温文高雅的请求大家原谅他离开这客厅，就走了出去，然而却一点儿也不想睡觉，好奇的魔鬼使他睁开他的双眸，他用纤手取去了塞在耳朵里的棉花。

“好罢！齐斯纳尔，有些什么新闻吗?”愣住的阿尔孟德小姐说。

“是的，”齐斯纳尔接着说，“这是一些不能够告诉侯爵听的事情，他听了会中风吓倒的。”

“请您说罢，”她一边接着说，一边把美丽的头倾倒在靠椅的背上，让她的手臂沿着她的腰部垂下，好像一个等待死亡而不能够挣扎的人一样。

“小姐，伯爵先生很聪明，他是那些正在找机会大报复的小人的玩具；这些小人希望我们毁灭，希望我们落魄！法院院长郎塞勒先生，您知道，他拼命的假冒贵族……”

“他的祖父是检察官。”阿尔孟德小姐说。

“我知道，”法律公证人说。“所以，您就不在家里接待他；他也不能够到特瓦维尔先生，维尔纳尔公爵，卡特兰侯爵家里去；然而他倒是古瓦西埃沙龙的一个台柱。令侄和郎塞勒·发边先生交好，而没有多大的连累（他得有游伴）。好，这位年青人就是令侄的一切疯狂举动的军师，他和其他三个人都是你们的仇敌，骑士先生的仇敌那一党的，都是那些只想报复你们，报复贵族的人的一派。他们大家都想用令侄来毁坏你们，瞧着他陷入穷困。这阴谋是古瓦西埃这骗子领导的，古瓦西埃还装着是保王党；他的可怜的妻子一点儿也不知道，您认识她；我早就应当懂得到底她有没有耳朵去听坏事。某个时期，这些疯狂的青年人并不知道这秘密，他们没有让谁知道这秘密；但是，因为发笑的结果，这些领导者就互相结合了，不谙世故的人也就懂得这把戏了，自从伯爵所做的最后的胡闹之后，他们醉了的时候也就漏泄了几句话。这些话都是由那些不忍看这样美丽，这样高贵，这样迷人的一位年青人沉溺在欢乐里的人告诉给我听的。这时候，人家在埋怨他；

几天之后，他会被……我不敢说……”

“被轻蔑，您说，您说，齐斯纳尔！”阿尔孟德小姐悲痛的叫着说。

“咳！您怎么能够阻止城里那些不知道一天到晚干什么的人去管束他们的亲属的行为呢？所以，伯爵先生在赌场上的失败是中了人家的计算的结果。两个月以来，他就这样的被人家抢去了三万佛郎，每一个人而且都在问他到底要到那里去拿这些钱。当人家在我面前说到这个的时候，我请您注意问题的范围！啊！但是……我今天早上对他们说：‘如果人家取到了有用的权利和德斯格里昂家的土地的话，你们相信人家就已经寻到了宝库吗？年青的伯爵有他的自由去做他所做的事；因为他没有短你们一苏钱，你们也就没有什么话可说了。’”

阿尔孟德小姐伸出他的手，老法律公证人就在上面接了一个恭敬的吻。

“好！齐斯纳尔！我的朋友，您怎么能够找到钱来做他的旅费呢？维克杜尼恩没有方法依据他的阶级的身份站在那里，就不能够到宫里去。”

“噢！小姐，我用约尔的产业做抵押借了钱来。”

“怎么！您已经没有钱啦！好家伙，”她叫了起来，“我们得用什么方法来补偿您呢？”

“就是收了我为您弄到的这十万佛郎。您懂得这笔借款是秘密进行的，免得人家看轻你们。在全城的眼睛里，我是属于德斯格里昂家的人。”

几颗泪珠涌上阿尔孟德小姐的眼睛；看见这些眼泪，齐斯纳尔就牵了这位贵族小姐的袍衫的一个摺纹，接了一个吻。

“这不算什么，”他接着说，“青年人应当有血性跟巴黎的美丽的沙龙交际，可以使年青人改变他的思路。在这里，真的，你们的老朋友都是世界上最有好心，最高贵的人，但是他们都不会惹人喜欢。为着解闷起见，伯爵先生不能不降低身份，去结交下等人。”

第二天，德斯格里昂家的老旧的旅行车居然见到了阳光，被人家送到车铺去修理。吃完早点之后，年青的伯爵就正式的由他父亲告诉他人家对他所有的计划：他得到宫里去请求给国王当差；在旅行的时候，他得定下决心去干一番事业。海军界或陆军界，各部会或大使馆，王家的宫廷都是打开门让他进去的，他只用选择。国王一定很高兴知道德斯格里昂家还没有要求过他什么宠幸，他一定已经给这一家的承继人保留有许多的恩泽。

自从干了许多疯狂的事情之后，年青的德斯格里昂已经嗅知了巴黎的世界，认为是真正的生活。因为这是叫他离开外省，离开老家的问题，他就严肃的听着可敬的父亲所说的话，而没有回答他说人家并不像当日一样走进海军界或是陆军界，没有经过特殊学校的训练而要当骑兵的少尉就得当扈从，最显贵的名门子弟也得跟平民子弟一模一样在公开考试之后（在这考试之中，绅士也有屈居平民之下的机会）到圣锡尔军官学校或是诸艺学校去。如果给他父亲说明这些事情的话，他很可能得不到居留巴黎的必要的费用，所以他就让侯爵和他的姑母相信他能够登上国王的御车，出现在德斯格里昂家现时所属的阶级的行列之中，和最有权势的大人物结交。侯爵不大痛快只给他的儿子派遣一位陪身的家仆，他给他的儿子派遣了他的老苍头约瑟芬。约瑟芬是侯爵所需要的一个靠得住的家仆，他很忠实的看顾侯爵的事情。可怜的父亲改换了约瑟芬，希望能够在自己身边换上一个年青的仆人。

“您得记住，我的孩子，”他对他说，“您是一位卡罗尔，您的血统是纯粹的，没有任何的混杂，您的徽章的格言是：这是属于我们的！您可以昂着头到任何的地方去，您可以向王后们求婚。

您得感谢您的父亲，正如我感谢我的父亲一样。我们的光荣都是我们的祖宗赐给我们的，给我们神圣的保留着的，使我们能够毫无愧色的当面看人，使我们只在一位情妇，国王和上帝之前屈膝。这是我们所有的最大的特权。”

善良的齐斯纳尔也在座吃饭，他并没有参预这些庄严的劝告，也没有参预给当日的权贵写信；但是他却花了整夜的时间给一位老朋友，巴黎一位最旧的法律公证人写信。如果人家没有把这封信披露出去的话，人家就不会了解齐斯纳尔对维克杜尼恩所有的人写的真切的父道。这封信也许可以和德达尔给伊卡尔所写的信相比拟。我们不是应当追溯到神话方面去寻找配得和这位古代人物相较量的比拟吗？

我的亲爱而可敬的索比埃：

我快乐的记得我曾在你父亲的事务室里开始我们的光荣的事业，我曾经在那里受到你的爱护，我这可怜的小书记。就是因为回忆到这书记的生涯，我才向你要求在我们这满充着政治的悲剧的悠长的生命中我所要向你请求的唯一的帮忙。（在这政治的悲剧中，我应当有变成你的同事的光荣）。我的朋友，我是在行将就木的时刻，用我的白色头发的名义来向你要求这帮忙的，如果你不服从我的祈求的话，我这白色的头发也就要因为悲愁而脱落了。索比埃，这既不是关于我的事情，也不是关于我的亲属的事情；我损失了我的可怜的齐斯纳尔夫人，我没有孩子。咳！这是关于比我的家庭更为重要的人的事情，如果我有一个家庭的话；这是关于德斯格里昂侯爵先生的独生子的事情。我荣幸曾经于学校毕业出来的时候当过侯爵的总管，侯爵的父亲因为要让我发迹，就把我送到这学校去读书，给我费用。我是在这家庭中长大的，然而这家庭却受到一切的革命的不幸。我居然能够给这家庭救出一些财产。但是，这和熄灭了的豪富相比较，还能算是什么呢？索比埃，我不能够给你解释我是如何的归附于这个伟大的家庭，我已经看着这家庭将要陷落在时代的地狱里：放逐啦，没收啦，衰老啦，没有孩子啦，多少的不幸啊！侯爵先生结了婚，他的妻子就因为生产年青的伯爵而死去，现在这一家所剩下的唯一的活宝就是这位高贵的，亲爱的，珍宝一般的亲族。这一家的命运就系在这位年青人的身上，他曾因为在这里冶游而欠了许多的债。用这寒伧的一百路易，能够在外省干些什么呢？是的，我的朋友，一百路易，这就是这伟大的德斯格里昂家的现况。在这种极端的情形之下，他的父亲就觉得有把他送到巴黎去向宫廷要求王恩的必要。巴黎是青年人的危险的地方。得有当法律公证人的智慧才能够谨慎的活在巴黎。如果我知道这位可怜的孩子活在我们所知道的困难之中的话，我是会失望的。你记得当我们留在法兰西剧院的池座里一天一夜来观看《菲加罗的婚姻》的表演的时候，你曾分享了我的小麦包的快乐吗？我们那时候真是蒙昧啊！那时候我们是幸福而穷苦的，但是一个贵族却不能够在赤贫里寻幸福。一个贵族的赤贫是违反自然律的事情。啊！索比埃，当人家荣幸能够用自己的手亲自阻止王国的一棵最为美丽的世系树的崩倒的时候，他很自然的会归附在这上面，会爱护他，会给他灌溉，会希望看他再开花，而你也不至于奇怪我为什么这样的提防，你也会听我的话，让我请求你用你的灯光照引我们的年青人走上好路。德斯格里昂家预备了十万佛郎来作为伯爵先生这一次旅行的费用。你将来可以看得出来，在巴黎并没有任何可以和他相比较的年青人！你一定会像喜欢一位独生子一样的喜欢他。总之，我相信索比埃夫人一定不会犹豫赞同你来实行我所授意于你的保护的工作。伯爵先生的宿膳费每月定为两千佛郎；但是，你可以开始由他来交付一万佛郎，作为他的开办费。所以，家里已经预备好两年的居留的费用，除了到外国去旅行之外，如果到外国去的话，我们就可以想到其他的方法。我的老朋友，请你参加这工作，请你拉紧一点这钱包的绳索，不要训斥伯爵先生，叫他知道思考，尽你的力量拉紧他，别让他没有正当的理由上月预支下月的用费，因为如果有使他丧失光荣的情形的话，就不必让他失望。请你调查他的行径，调查他所做的事情，调查他所来往的人；请你监视他的交游。骑士先生告诉我一位国立音乐厅的跳舞女往往要比宫里的贵妇便宜。请你调查这桩事，给我回答。如果你太忙的话索比埃夫人会知道青年人要变成什么样子，他要到那儿去。也许要当一位这样动人，这样高贵的孩子的守卫的天使，这念头会对她微笑哩！上帝一定喜欢她接受了这个神圣的责任。她的心也许会因为听说维克杜尼恩伯爵在巴黎有多少的危险而发抖；您将来可以看见他：他不但是年青，而且也美丽，他不但靠实，而且也聪明。如果他和什么女人打伙的话，索比埃夫人也许会比你更懂得如何警告他所有的危险。他有一位家仆陪着他，这家仆可以告诉你许多的事情。请你打听约瑟芬，我会告诉他在为难的景况里来请教你。但是，为什么我却对你说了更多的话呢？我们曾经当过书记，曾经当过狡童，请你回想到我们的胡闹，而在这桩事里回到青春的时期，我的老朋友。六万佛郎的钱款将要由一位到巴黎去的我们城里的大人用国库的收款条的形式交给你。

如果这一对老夫妇听从了齐斯纳尔的训令的话，他就得雇用三个侦探来监视德斯格里昂伯爵。然而，在受托者的选择里有个广阔的智慧。一位银行家拿出资金（因为他柜里有钱）给在他行里有账的人，然而每次需要钱的时候，年青的伯爵却得到法律公证人家里去拜访他，而这些法律公证人也当然有劝谏的权利。维克杜尼恩听说每月有两千佛郎就想来泄露他的快乐。他一点儿也不知道巴黎。他相信能够用这数目在那里过着王子的生活。

第二天，年青的伯爵就在全古物陈列室的熟客的祝福，老太婆的抱吻和颂愿的堆集之下动身了。他的父亲，他的姑母和齐斯纳尔就送他到城外，他们三个人的眼睛都满充着泪珠。这突然的离别好几天晚上都成为了城里的谈论的资料，特别摇动了古瓦西埃沙龙中的仇恨的心田。咒诅德斯格里昂家的灭亡之后，当年的军粮商人，院长先生和他们的党羽却看着他们的掠获物逃走了。他们的报复是基础在这位傻子的恶习之上的，从此之后，这却不是他们的力量所能达到了。

三　初入人世

人类精神的一种自然的倾向往往会使一位敬虔妇女的女儿变成一个放逸的女郎，这种相反的律则无疑的是相同的律则的推论，他却用可以使维克杜尼恩早晚身败名裂的欲望把伯爵带到巴黎来。生长在外省的一个老家庭中，身边都是那些对他微笑的温和的脸孔和那些忠诚于主人而与住宅的苍老的色泽相调和的人物，这位孩子只看见过一些可敬的朋友。除了老迈的骑士以外，一切围绕他的人都有一些庄重的举止，一些端正的，严谨的谈吐。他曾经受过布郎德所给您描写的这些穿有灰色裙，带有无指手套的妇女的摸抚。祖传的住宅的内部是由一种只能够感应一些最不疯狂的思想的陈旧的奢华来装饰的。总之，在一位温厚得和那些给我们带来经验的干枯的啬薇，青春的凋谢的花朵的前一世纪的遗老一般的不是没有真实的宗教信仰的教士的教导之下，一切的事情都应当使维克杜尼恩养成严肃的习惯，都应当劝告他去延续一个带有历史性的家庭的光荣，把生命看做是伟大而美丽的事物，然而，维克杜尼恩却倾听着许多危险的思想。他把他的贵族的血统看做是可以使他居在人上的阶梯。在敲打家中所崇拜的这个偶像的时候，他却觉到了这偶像的空虚。他变成了社会动物中最为可怕的一个，人家所遇见的最为粗卤的一个，结果就是一个自私主义者。

自我主义的贵族的宗教常引他去追逐他的幻想，在那些最初关切他的童年的人和那些最初当他的青春的疯狂的同伴的崇拜之下，他就养成了只用事物所给他带来的快乐来估计一切事物，把悔改的良善的灵魂看做是愚傻的习惯；这是可以使他毁灭的一种有害的殷勤。无论他的教育是如何的优美而带有宗教性，这教育总错在过分的崇拜他，没有给他揭示他的时代的生活方式（当然这种生活方式并不是外省的生活方式），他的真正的命运把他引得更高。他已经染上了不用社会的价值，而用相对的价值来估计事实的习惯了；他认为他的行为是好的，因为这些行为有用处。正如专制的暴君一样，他规定了一种“环境律”；这种规律对于恶习的行为所有的作用就好像幻想对于艺术品的作用一样，他是不规则的永远的原因。他赋有一双尖锐而敏捷的目光，他看得清楚而准确，但是他却举动得太快而错误。我不知道是那一种无从解释而常常存在于年青人身上的缺点改变了他的行为。无论他的思想是如何的活泼，他的思想的表现是如何的迅速，一等到感觉说话的时候，他那暧昧的脑袋就好像不再存在了。他会使聪明人诧异，他能叫疯子惊讶。正如旋风一样，他的欲望立刻蔽住了他的脑袋的明白清楚的地方。然后，当他无力抵抗而逍遥闲荡之后，他却陷进了头痛，心弱，体衰，完全虚弱的境地里，而在那里变成半傻的：这是一种特殊的性格，当一个人恣意妄行的时候，这性格就可以使他陷入苦境；当他受到一位铁面无私的朋友的支撑的时候，这性格就可以引他到政界的最高峰。无论是齐斯纳尔也好，他的父亲也好，他的姑母也好，他们都不能够钻进这个多方支持诗章而中心受到可怕的虚弱的打击的灵魂。

当维克杜尼恩走到离城几法里的地方的时候，他一点儿也不觉得遗憾；他不再想到把他当做十代来钟爱的父亲，也不再想到对他妄加忠诚的姑母。他用一种致命的猛力来呼吸巴黎的空气，他总是被思想带到这里来，好像是来到仙国而在那里放上最为美焕的梦境一样。他相信能够在那里出人头地，好像他的父亲的家姓统治着外省的城市和地区一般。不是骄傲，而是虚荣，他的享受要依照巴黎的最高的阔绰而发展着。他快速的穿过距离。正如他的思想一样，他的车子也没有在划分本省的地平线和京都的庞大的世界之间转换过。他在李慈刘街下车，进了马路附近的一间美丽的旅馆，忙着要占领巴黎，正如一匹饿马蹴踏草场一般。他立刻就看出了两个世界的不同。这变化使他惊愕，而不是使他懦怯，他用他的敏悟认识到自己在这巴比仑的百科全书中是如何的渺小，置身于这些新思想新风俗的潮流中自己要如何的疯狂。一桩独一的事实就够得给他证明了。前一夜，他曾将父亲的信交给勒农古尔公爵，一位最得国王宠幸的法兰西贵族，他在公爵的伟大的公馆里，珍贵的华丽中找到公爵；第二天，他却在马路上碰着公爵，公爵手里拿着雨伞逍遥的步行着，没有任何的勋章，甚至于连勋级会的骑士绝不能够离身的红色授带也没有佩上。这位公爵，这位世卿，这位王室大臣虽然是非常多礼的，可是读了他的亲戚侯爵的信时，他却不能够忍住他的微笑。这微笑告诉维克杜尼恩在古物陈列室和杜伊勒利花园之中不只有六十法里；其间有好几世纪的距离。

每一朝代的宫廷和国王的宝座都有一些和其他的朝代姓氏不同人物不同的得宠的家族围绕着。在这一范围，永远赓续的似乎是事实，而不是个人，如果不是有历史在那里来证明这个观察的话，人家一定不会相信。在路易十八的宫廷内特别显著的人物几乎是装饰路易十五的宫廷的人的陌生人：诸位李维埃，诸位布拉加，诸位达发来，诸位党布来，诸位芜布郎，维特罗尔，杜迪苍，罗慈查克莲，巴斯基埃，德卡慈，林纳，维勒尔，布尔顿纳，等等。如果您比较亨利四世和路易十四的宫廷的话，您就找不到有五个继续存在的大家庭：路易十四的宠臣维勒瓦是查尔九世时代的一个暴发的秘书的孙子。李慈刘的侄儿已经在那里几乎等于零。发罗瓦王朝时几乎是亲王而于亨利四世时享有全权的德斯格里昂家却在路易十八的朝中得不到任何的机遇，路易十八就不想到他们。现今，和福瓦—葛莱伊，黑路维尔等同样受宠的名门，只要缺乏这时代的唯一的力量金钱的话，就会陷入几乎等于灭绝的微贱的境地。一旦维克杜尼恩判定了这世界（他也只能够在感觉受到复辟时代最后吞噬一口社会阶级的怪物，巴黎的平等的伤刺之下判定这世界），他就立刻想用危险的武器来收复他的失地，这武器虽然是笨钝的，却是时代所给贵族留下的；他仿效那些巴黎所极力注意的人物的步伐，他感觉到有设置马匹，华丽的车辆，一切近代奢侈的附属品的必要。正如马尔赛对他说的一样（马尔赛是他在人家所介绍他去的第一个沙龙里所找到的第一个花花公子），他得把自己安放在时代的最高峰。不幸得很，他陷在巴黎的泥泞的社会里，陷在他的家姓和他表面的幸运所带他去的一切的地方，埃斯巴尔侯爵夫人家里，葛兰地刘公爵夫人，卡里格里安诺公爵夫人，楚刘公爵夫人家里，戴格曼侯爵夫人和李斯杜麦侯爵夫人，塞利西夫人家里，国立音乐厅，各大使馆里所遇到的马尔赛家，郎格罗尔家，特赖伊·马克西姆家，吕博尔家，拉斯迪额家，王地尼斯家，阿儒达—朋多家，保德诺尔家，罗慈—雨冈家和孟乃维尔家的社会里。在巴黎，圣日耳曼镇的贵族可以屈指算知外省，被圣日耳曼镇所承认的一个高级贵族的家姓可以当作通行证，走入陌生的人和下层社会的英雄所最难打开的家门。维克杜尼恩觉得自从他没有装出谋事的神色之后，他的一切亲戚都是可爱的，很欢迎他的：他立刻看出不要得到任何东西的方法就是去要求某些东西。在巴黎，如果第一个动作是把自己显得是个保护者的话，第二个更为持久的动作就是去轻蔑被保护的人。骄慢，虚荣，高傲，年青伯爵所有的好好坏坏的情绪就让他采取了一个相反的冲犯的态度。维尔纳尔公爵，里路维尔公爵，勒农古尔公爵，楚刘公爵，拿发莲公爵，葛兰地刘公爵，莫夫利额士公爵，卡迪昂亲玉和布拉孟楚—斯夫利亲王就很快乐的把这位一个老家庭的遗裔介绍给国王。维克杜尼恩坐在一辆挂有家庭的徽号的华丽马车到杜伊勒利来；但是他的觐见给他指示人家未免对国王说了太多的话才让国王想到他的贵族血统。他立刻猜透在有被选资格的老年人和老臣仆的辅冀之下的复辟是用那一种奴役来责罚年青的贵族。他懂得他不能够在宫廷，或是政府，或是军队，或是任何的地方找到合适的差事。于是，他就投身于欢娱。出没在埃莉茜—布尔崩，在安古莲公爵夫人家里，在马尔桑楼，他到处遇到人家所给一个老家庭的后嗣所施的表面上的礼貌的证据，人家只能够看见了他才记得起这家庭。回忆已经是太多的了。维克杜尼恩之所以能够让人家敬重的特点就是他的世卿的资格和一个圆满的姻缘；然而他的虚荣心却阻止他去宣告他的地位，他还是用虚假的豪富来当他的武器。他并且是这样的被人称颂他的服装，这样高兴他的最初的成功，一般年青人所有的让位的耻辱就劝告他继续保持他的态度。他在巴克街租了一间带有马厩，车房和一切奢华生活所需要的附属品的寓所，然而他却第一个受到这种生活的责罚。

这种布置需要五万佛郎，而年青的伯爵也利用了齐斯纳尔的一切的预防所没有预先见到的环境来得到这笔款。齐斯纳尔的信的确送到了他的朋友的事务室里，但是他的朋友却已不在人间了。看见了一封有关事务的信，非常缺乏诗意的寡妇索比埃夫人就把他交给死者的接承人。新的法律公证人葛尔多先生就对年青的伯爵说如果票据是开给他的前任的话，这国库的票据就等于零。为着回答外省的法律公证人细加默想之后所写的一封信起见，葛尔多律师就写了一封四行的短信，目的是在于能够取到款，而不是要和齐斯纳尔发生关系，齐斯纳尔把这票据开在年青的法律公证人的名下，葛尔多并不了解给他写信的人的情绪，他很高兴能够伺候德斯格里昂侯爵，维克杜尼恩要他给多少他就给多少。认识巴黎生活的人知道五万佛郎是买不了多少的家具，车辆，马匹和奢侈品；但是他们可以想到维克杜尼恩立刻就欠了他的供给家两万佛郎，这些供给家最初不愿意向他要钱，因为他的财产都在舆论和约瑟芬的吹嘘之下相当快速的增加，约瑟芬是一种穿有仆从行装的齐斯纳尔。

到达之后一个月，维克杜尼恩被迫到他的法律公证人家里去取出一万左右的佛郎；他只是简单的在拿发莲，楚刘，勒农古尔和俱乐部里赌过魏斯特牌。赢了几千佛郎之后，他又立刻输去了五六千，他觉得有制造一种赌金的证券的必要。维克杜尼恩有让社会喜欢的智慧，有让名门子弟把自己安置在最高的阶层的聪明。他不久就和一个人物一般的进入了美丽的年青人的一群，而且还在那里受到人家的羡慕。当他觉到自己是人家的羡慕对象时，他就感到有一种醉人的满足，并不给他一些改变的感应。从这一方面说，他是妄谬的。他不愿意想到生财之道，他就从钱包里汲取金钱，好像这些钱包必得随时充满金钱似的，而不让自己去思虑这种作派所能有的猝然的结果。在这耽娱的社会里，在这欢乐的漩涡里，人家允许出演的剧人穿着他们的光焕的服装，而不追问他们的取得这些繁华的方法：什么也不比讨论这些方法更为讨人厌。每一个人都得秘密的使他的财富延续，正如自然界使自然界的财富延续一般。人家谈论突然来临的穷困，人家一边嘲笑人家所不认识的人的幸运，一边自己忧愁，然而人家却只做到这一步为止。维克杜尼恩是圣日耳曼镇的权贵所支持的，他的保护者自己都认为他有比他所有的更多的财富，这只是非常谨慎的，非常漂亮的用一个字眼或是一句话来排脱他而已；这样的一位年青人，这样的一位标致，有思想，聪明，父亲还占有老侯爵采地的领土和祖传的别宫的待婚的伯爵，他在一切有年青的烦闷的妇女，有待嫁的女儿的母亲，有缺乏嫁资的美丽的舞女的家庭里大受人众的欢迎。所以，社会就微笑的把他引到他的舞台的前面来。侯爵当日在舞台上所占据的地位总是存在于巴黎，在那里，改变的是名字，而不是事物。

维克杜尼恩在圣日耳曼镇的社会里重新在巴米埃教侯[①]身上找到骑士第二。教侯是受过最高教养的一位发罗瓦骑士，在一切的财富的威力的护卫之下享受着一个高级地位的权益。这位亲爱的教侯是一切机密的公卖局，镇上的日报；不过他也是谨慎的，正如一切的日报一样，他只说到人家可以公开发表的消息。维克杜尼恩还听着骑士的超绝的训诫。教侯对德斯格里昂直截了当的说可以有一切他所需要的女人，又给他叙述自己年青时所有的行为。那时候巴米埃教侯所自许的未免和近代的风尚相去太远了，在那时代的风尚里，灵魂和情感有这么大的作用，甚至于都用不着给不相信的人众来叙述他。但是这超卓的教侯干得真好，他用结论的形式对维克杜尼恩说：

“我明天请您到酒楼去吃饭去。在音乐厅消化我们的晚饭之后，我要带您到一所房子里去，您可以在那里找到许多急于看见您的人。”

教侯请他在罔卡尔岩饭馆吃了顿佳美的晚餐，他只在那里找到三位陪客：马尔赛，拉斯迪额和布郎德。布郎德·爱弥儿是年

---

① Vidame是教区中管理财产权利事宜的代表，封建时受国王的封爵，有爵冠，并且是世袭的性质。这里译为教侯，因为这种人物既与宗教有关，又受过封爵。

青的伯爵的一位同乡，他是一位因为和一个从维克杜尼恩同省来的年青的美女的关系而进入高等社会里来的。这个美女就是嫁给投降布尔崩王朝的一个拿破仑的将军孟高尔尼伯爵的特瓦维尔小姐。教侯训话说他对于超过六位客人的餐宴是如何的轻蔑。据他说，在这种情形里，既不能谈话，也不能有食经，也不能有知味的美酒。

“我还没有告诉您今天晚上我要带您到什么地方去，亲爱的孩子，”他一边说，一边拉着维克杜尼恩的手，轻轻的拍着。“您要到笃慈小姐家里去，那里是一切自认聪明的年青的美丽的女人所要集结的会议。文学，艺术，诗章，总之，一切的才能都要在那里光耀。这是我们古代的一个精神的结合，不过是涂上贵族的气味和现时的外观罢了。”

“这有的时候就像一双新靴一般的叫人难受，叫人疲倦，但是那里倒有许多只能够在那里跟人家谈话的女人。”马尔赛说。

“要是一切到那儿来薰陶诗才的诗人都像我们的同伴的话，”拉斯迪额亲昵的拍着布郎德的肩膀说，“人家就可以消遣消遣。但是，短歌，词曲，偏情的沉思，大篇的小说都略为过分残害精神和安乐椅。”

“只要他们不使太太们腐化，只要他们使小姐们败坏，”马尔赛说，“我就不恨他们。”

“诸位先生，”布郎德微笑说，“你们侵占了我的文学的园地。”

“请你别说话，你给我们抢走了世界上最动人的女人，你这幸福的坏人！”拉斯迪额叫着说，“我们很能够发觉你那不大光明的念头。”

“是的，光棍是幸福的，”教侯一边说，一边抓住布郎德的耳朵，拧着他，“但是，维克杜尼恩今天晚上也许是更幸福的……”

“已经这样了！”马尔赛叫着说：“他已经在这里一个月了，他好容易有时间来拂拭他的老房子的灰尘，拭干了他的姑母把他腌在里头的盐水；他好容易有了一匹相当纯粹的英吉利马，一辆时髦的两轮轻马车，一位小厮……”

“不，不，他并没有小厮，”拉斯迪额打断马尔赛的话说：“他有从他的地方带来的小乡下人的神气，清楚知道仆人的服装的裁缝布伊松说这位小乡下人不大懂得穿短衣。”

“事实是你们得拿俣德诺尔来做模范，”教侯严重的说，“他和你们比倒有一个长处，我的小朋友们，因为他占有真正的英国虎……”

“诸位先生，原来这就是法兰西的绅士们所要做的事呀！”维克杜尼叫着说，“在他们看来，最大的问题就是有一只老虎，一匹英国马，一些小孩玩具……”

“喂！”布郎德指着维克杜尼恩说，“‘大人先生的趣味有的时候使我惊惶。’哎！是的，年青的道德学家，您就是停在这里。您连五十年来使亲爱的教侯出名的浪费都还没有哩！我们是在孟多尔革尔街一个第三层楼上放荡的。这里用不着和红衣主教或是‘金衣团’打架。总之，您德斯格里昂伯爵，您是和一位可怜的外省审承员的幼子布郎德先生一块儿吃宵夜的。在外省，您绝不愿意伸出手行握手礼，但是十年之后，这位先生倒能够在王国的世卿座里坐在您的旁边。这之后，您相信罢，如果您能够的话！”

“好，”拉斯迪额说，“我们已经从事实走到理想，从暴力走到理性了，我们谈……”

“咱们别谈咱们的惨剧罢，”教侯说，“我已经决定要快乐的死去。如果我们的朋友还没有老虎的话，这是因为他是狮子的种族，他不需要老虎。”

“他不能够超过这个，”布郎德说，“他太新进。”

“虽然他的风流潇洒还是很新进的，我们总得崇拜他，”马尔赛接着说，“他配得跟我们在一起混，懂得他的时代，他聪明，他高贵，他文雅，我们以后会喜欢他，会帮忙他，会推进他……”

“推进他到什么地步呢?”布朗德说。

“好奇管闲事的地步!”拉斯迪额辩答说。

“今天晚上他要跟谁一块儿搬家呢?”马尔赛问道。

“和一大群的宫女。”教侯说。

“怎么!”马尔赛接着说，“到底是什么让亲爱的教侯这样严厉的说到王女？如果我不认识她的话，我就未免太幸运了……”

“我倒跟他一样的得意过。”教侯指着马尔赛说。

吃完这惬意的晚饭之后，在这动人的诽谤和巧妙的腐败的话语所支持的声调之下，拉斯迪额和马尔赛就陪着教侯和维克杜尼恩到音乐厅去，要跟他们到笃慈小姐家里去。这两位浪子计算清楚等人家念完一篇悲剧之后才到那里去，因为他们认为在十一点至十二点之间来念读悲剧是不合卫生的。他们来侦探维克杜尼恩，而用他们的出场来妨碍他：这是真正的小学生的奸黠，然而却因为妒忌的花花公子的骄傲而变成酸味的。维克杜尼恩有这种扈从的无耻行为，使他能够处之泰然。所以，当他看见这位新进人物入场的时候，拉斯迪额非常奇怪他能够立刻学会当时的优美的风姿。

“这位小德斯格里昂是有前途的，不是吗?”他对他的同伴说。

“这得看情形，”马尔赛回答说，“但是他干得真不错。”

教侯把年青的伯爵介绍给这时代一位最为可爱，最为轻佻的公爵夫人，夫人的风流韵事只在五年之后才被人所周知。在她的全盛时代，她已经被人怀疑到她的轻佻行为，只是没有证据而已。那时候她就得到巴黎的诽谤的加在一位女人或是一位男子身上的光辉：诽谤从来到达不了热望于平静生涯的平庸的人。总之，这女人就是莫夫利额士公爵夫人。一位乌克西尔家的小姐，她的公

拉斯迪额和马尔赛来侦探维克杜尼恩。

公还活在世上，后来才变成卡迪昂王妃。她是当时两位凋谢了的国花兰齐公爵夫人和包西恩子爵夫人的朋友，她和埃斯巴尔侯爵夫人最有交情，然而这时候却正和她竞争时装王后。一位有地位的亲戚长时期的保护她；但是她却是属于不知道为什么也不知道如何的吞噬整个地球，整个月球的收入（如果能够到达这月球的话）的一种女人。她的性格只是渐渐的形成，马尔赛一个人使她这性格越加深刻化。看见教侯带领维克杜尼恩走近这位窈窕玲珑的女人的时候，这个被人畏惧的花花公子就侧过身来，朝着拉斯迪额的耳朵上说：

"亲爱的，"他说，"他一定会和'波里慈尼'酒一样的受到马车夫的斥骂哩。"

这句这样粗俗的话很巧妙的预先说到这情场所要发生的事故。

细细的研究了维克杜尼恩之后，莫夫利额士公爵夫人不禁昏迷了。看见到她对巴米埃教侯所投射的天使一般的感恩的眼色之后，一位情郎一定会对这种泄露友谊的表情而起妒忌之心。当女人们站在没有危险的地带（正如公爵夫人站在教侯面前一样）的时候，她们就好像是放任在西伯利亚荒原之中的马匹一样：她们是恣情任性的，她们也许喜欢要这样的贡献出她们的秘密的柔情的标本。这是一个深心的秋波，以眼传情的秋波，在任何恩宠之中总找不到的秋波，然而却是谁也不奇怪的。

"她是如何的准备好了呀！"拉斯迪额对马尔赛说，"多好看的处女的服装呀！多温柔的雪一般白，天鹅绒一般软的颈项呀，多纯洁的不可侵犯的圣母的美眸呀！多白的袍子呀，多美的少女的腰带呀！谁敢说你已经在这里试验过呢？"

"但是，她就是用这个而那个的。"马尔赛用胜利的神色回答说。

两位年青人互相交换了一个微笑。莫夫利额士夫人使这两位年青人惊愕而停止微笑，她猜透他们的谈话内容。她给这两位浪子投去一道和平之前法兰西人所不认识的眼色，因为这种眼色是英吉利人和他们的银器式样，他们的甲胄，他们的马匹，他们那种可以使满充着贵妇的客厅生凉的不列颠的冰冷一同输入法兰西的。两位年青人就变成庄严的，好像受到经理的训诫之后而等待着恩赐的伙计似的。

在溺爱维克杜尼恩当中，公爵夫人决定要玩弄许多女人都摹仿去使现今的年青人不幸的浪漫的阿格尼斯所要的把戏。莫夫利额士夫人刚刚自己装做天使，正如她想要于四十岁左右转向兴趣于文学和科学，而不归心于宗教一样。她要与众不同。她发明了许多把戏，许多袍衫，许多头巾，许多意见，许多服装和许多新奇的行为方式。结婚之后，当她还是半少女的时候，她就做出了许多有学识而腐败的女人的举动：她让自己在肤浅的人面前立刻回答几句刺人的话语。然而这些人却给真正的知音者证明她的无知。因为这结婚的时期让她知道各时代的一切不愉快的年华，她就发明一种方法来使自己洁白无玷，她显得好容易才站在这世上的样子，她摇荡她的大袖，好像是翅膀一般。她的眼色对于一句话，一个思念，一个略为过分活跃的眼色而溜向天空。热内瓦的伟大画家毕奥拉曾在他要摹绘拉发埃尔的图像时被妒忌所杀害，他所绘的圣母像是一切圣母像中最贞洁的。好容易才可以在热内瓦一条小街里在玻璃花窗下让人看见的这张圣母像，这位天神一般的圣母和莫夫利额士公爵夫人比，只是一位麦萨琳[1]女人们都互相的询问这位年青的轻率的少女怎么能够只在装束里就变成了一个好像有最后降落在阿尔卑山上的雪花一般的洁白灵魂的美丽的大天使；她怎么能够这样快速的在显示她那比较灵魂还要洁白的

① Messaline是克罗德皇帝（Claude）的皇后，以淫荡著名者。

遮蔽在透明丝织物底下的喉咽之中解决了伪善的问题呢？她怎么能够在流盼刺人的目光之中变成这样的神圣呢？在她那几乎是淫荡的瞟视之中，她好像是可能有成千的肉欲的神气，然而在她那希望得到更好生活的一个苦行的叹息之中，她的嘴唇却好像是说她不能够实现任何的希冀。这时候有几个幼稚的年青人在王家禁卫军里服役，他们都互相询问就是在最亲热的情况之下人家是不是可以用亲切的口吻“你”来称呼这种白仙子，这堕入银河的星云。这种系统在相当时日之内是成功的，他对于那些有许多达观的漂亮的胸脯而把强烈的欲求遮隐在更衣室里所有的小举动之下的女人们是有利的。这些天仙一般的造物没有一个知道这种可以使一切健康的男人把她们唤到地上来的欲望所能够给她们的爱情带来的到底是什么。这种方法允许他们停留在她们那一半天主教一半浪漫派的安比利[①]上面。她们能够而且也愿意忘记生命的一切通俗的部分，这可以解答许多的问题。马尔赛猜出这种系统的应用，这可以解释他看见拉斯迪额几乎妒忌维克杜尼恩时对这后者所说的最后一句话。

“小子，”他对他说，“你走到那里就留在那里：我们的儒僧庄可以使你发财，然而公爵夫人却会使你毁灭，她是个过分疼人的女人。”

拉斯迪额让马尔赛走出去，没有再问他：他认识他的巴黎。他知道最为珍贵，最为高雅，最为厌腻世俗，人家只能够使她接受花束的女人，在一个年青人看来，她是和当年的音乐厅跳舞女同样的危险的。事实上，音乐厅的跳舞女已经变成神话中的人物了。现今的舞台的风俗已经使跳舞女或女戏子变成一种有趣的女权的宣告，这些女人在晚上穿着男人的裤子显露她们的大腿之前，

① Empyrée是天上最高的地方，天神的住处。

早上却用家庭中有德性而令人尊敬的母亲的资格散步着。在外省的事务室的深处，善良的齐斯纳尔就猜到可以粉碎年青伯爵的一个暗礁。

莫夫利额士夫人所制造的诗人的顶上圆光使维克杜尼恩眼晕目眩。维克杜尼恩一开头就被人关锁起来，挂在少女的腰带之上，钩在仙女的手所转动的发鬈之间。已经这里腐化的孩子，他相信这一大堆杂乱的穿上薄纱的所谓童贞，相信这种类似上下议院里所提的法案的甘美的辞令。这不是够得让那个必得相信一位女人的扯谎的人去相信吗？社会上其他的人都认为两个爱人有刺绣图案上的人物的价值。没有过誉的说，公爵夫人是巴黎所公认的最美丽的十个女人之中的一个。您知道在情人眼里，巴黎的最美丽的女人是和文学界人物眼里所有的时代的最完美的书籍一样多的。

在维克杜尼恩的年纪，他和公爵夫人的谈天可以继续维持而不至于太费力气。他的年纪相当的轻，他对于巴黎生活的实况相当的无知，他用不着注意，用不着留心所说出的任何话语，留心自己所发出的任何眼色。这种带有宗教性的神经过敏都在每一个对话者的别扭的后虑中表达出来，然而却排除了旧日法兰西人的谈论的亲密性和兴奋性：人家是在两道云雾之间自己爱自己的。维克杜尼恩刚刚好有外省的天真无知，他可以维持一种非常合适而坦白的不用心机的态度，使公爵夫人喜欢他，因为女人们之受男子的愚弄是和受自己的愚弄一样的。莫利夫额士夫人不是没有惊愕的估计着年青的公爵在六个月纯粹爱情之中所做下的错误。她在她那镀金一般的眉睫之下隐存着她的目光，她是这么样的甘美，来给她告别的埃斯巴尔侯爵夫人甚至于不由得朝着她的耳朵说：“好！非常好！我的亲爱的！”然后，美丽的侯爵夫人就让她的竞争者在爱乡的地图上旅行，[①] 这爱乡并不是一些人所想象的那样的可笑的一个观念。这张地图每一世纪都用其他的名字重新刻上，然而却总是引到同一的京都。在一个角落的沙发椅上，在一个点头的头碰头的公开的谈话之中，公爵夫人就把德斯格里昂带到史比恩[②]的豪侠，阿马迪[③]的忠诚，开始显示短剑，城墙上的小孔，战袍，铠甲，尖头鞋和一切画片上所有的浪漫的物品的中世纪的献身上面来。她而且是可钦佩的，因为她有许多没有表示出来的意思，而居然能够把这些意思慎重而不露痕迹的一个一个的埋在维克杜尼恩的心中，好像把针埋在线球里一样，她而且非常巧妙的吞吐着，非常漂亮的假装仁义，非常大胆的给他许多似是而非的允许（这些允许一加考察，就会和阳光之下的冰块一样的溶化），非常不忠实的怀有许多蓄意的愿望。这一次的奇遇就以邀请重来看她做活结来结束，这种活结是用有形的文字所不能描绘的阿谀的方式来打结的。

“您别忘了我呀！”她说，“您会看见许多的女人都忙着逢迎您，而不是给您解释明白……——但是，您总会解迷觉悟的回到我这边来。——您照样的来吗？……不，随您的便罢。——我，我很坦白的说，您来看我让我非常的快乐。——有灵魂的人未免太少了，然而我相信您有灵魂。——咱们走罢，再见；如果咱们再谈下去的话，人家一定会谈论我们的。”

一句话一句话的说了之后，她就飞也似的走了。公爵夫人走了之后，维克杜尼恩并没有留下多少时间；但是他留在那里的时

① 爱乡（Pays de Tendre）是十七世纪法国小说家Scudéry小姐所发明的名词，据她的说法，这爱乡中的人物除了讲爱情以外，别无所事。她另外还替爱乡拟了一张地图。

② Scipion是罗马的著名的家庭。

③ Amadis，古代小说中的人物，以武士道的爱情闻名。

间却够得让人猜想他这快乐的态度所表露出来的愉悦，这种愉悦好像是宗教审判官的镇静，同时又像是刚从忏悔祭祭场出来的信徒所有的集中的全福。

“今天晚上，莫夫利额士夫人真是相当敏捷的达到目的了，”当笃慈小姐的小客厅里只有六个人的时候，葛兰地刘公爵夫人说。这几个人就是：吕博尔，一位备受宠幸的内阁发告员，王地尼斯，葛兰地刘子爵夫人，卡拿利和塞利西夫人。

“德斯格里昂和莫夫利额士是两个应当互受牵制的家姓。”自负会说话的塞利西夫人回答说。

“这几天来，她到乡下去休息在空想的柏拉图的美梦里。”吕博尔说。

“她一定会把这位贞洁的可怜的孩子毁了。”王地尼斯·查礼说。

“您这是什么意思呢?”笃慈小姐问。

“噢！在精神方面，在经济方面，都要毁了他，这是无疑的。”子爵夫人一边说着，一边站了起来。

这句残暴的话实在是说出了年青的德斯格里昂伯爵的残酷的现实。

第二天早晨，他给他的姑母写了一封信，用强烈的爱情的色彩给她描写他初入圣日耳曼镇的上流社会的情形。他解释他到处所受到的欢迎，用以满足他的父亲的骄傲。侯爵叫人给他念了三遍这一封长信，擦着手掌，倾听人家给他叙述他的老相识巴米埃教侯的宴请和介绍他的儿子给公爵夫人的情形；但是他却莫明其妙的猜想着革命时代的公诉人布郎德先生的幼子的在场的道理，而没有能够了解。这一天晚上古物陈列室就举行了一个庆祝会：人家在那里谈论年青伯爵的成功。人家对于莫夫利额士夫人是这么样的严守秘密，甚至于只告诉了骑士一个人。这封信没有关于经济问题的附项，也没有一切年青人在同样情形之下关于神经战争所有的厌腻的结论。阿尔孟德小姐把这封信交给齐斯纳尔看。齐斯纳尔很高兴，他没有提出任何反对的疑问。正如骑士和侯爵所说的被莫夫利额士公爵夫人所爱的年青人会变成宫廷中的一个英雄，这是毫无疑义的，因为跟从前一样，人家都是由于妇人而在宫廷上发迹到任何的地步。年青的伯爵并没有选择错。老太太们就叙述路易十三到路易十六之间莫夫利额士家所有的一切的风流历史，她们得到前代的恩宠，总之，她们很快乐。人家称赞莫夫利额士夫人对维克杜尼恩发生兴趣。古物陈列室的文社真配得让一位想要编著真正喜剧的作者来听他们的议论。维克杜尼恩收到他的父亲，他的姑母，一七七八年和一位著名的匈牙利公主一同旅行时曾跟教侯一起到施巴去而附笔问候教侯的骑士的动情的信。齐斯纳尔也写信。每一页都有人家让这可怜的孩子习惯的阿谀。阿尔孟德小姐好像是和莫夫利额士夫人的快乐相结合似的。

四　美丽的莫夫利额士夫人

年青的伯爵因为家庭的赞许而觉得畅快，他毅然走进了花花公子的危险而浪费的道路。他有五匹马；然而他却是寒伧的，因为马尔赛就有十四匹。他给教侯，马尔赛，拉斯迪额，甚至于布郎德还请他自他们处所受过的餐宴。这一场宴会花去了他五百佛郎。这位外省人也同样的受到这些先生们的庆贺。他常常赌博，不幸得很，他所赌的是当时流行的魏斯特牌戏。他把他的闲暇布置得好像很忙的样子。维克杜尼恩每天从上午十二点到三点钟，都到公爵夫人家里去。从那里，他又在布仑树林找到她，他骑在马上，而她则坐在车里。如果这两位动人的游伴两人骑马出游的话，这种游玩都是在清晨举行的。晚上的时候，社交，跳舞会，庆祝会，戏剧等等就瓜分了年青伯爵的时间。维克杜尼恩到处显耀，因为他到处投射他的精神的宝光，他用深刻的话语来品评人物和事态：您也许会说他是一棵只开花不结实的果树。他就过着这种浪费精神更甚于浪费金钱的厌烦的生活。在这种生活中，最美丽的天才也会埋没，最不容易腐化的坚贞也会死亡，最有锻炼的意志也会衰弱。公爵夫人是这样白皙，这样脆弱，这样神圣的女郎，她喜欢男子们的浪费生活；她喜欢看初次的公演，喜欢恶作剧，喜欢意外的事情。她不认识酒楼：德斯格里昂就在罔卡尔岩给她组织一个丰盛的宴会，出席的人都是她所常来往而要教导他们的可爱的浪子，这一班浪子所组成的社会是快乐的，焕发的，和宵夜的价值有同等的趣味。这一次宴会又引起了其他的宴会。不过，这在维克杜尼恩方面总得是一种天使一般的情感。是的，莫夫利额士夫人总是人世的腐败所不能到达的一个天使；一个在杂耍戏院里坐在这些使她发笑的半淫邪的卑贱的滑稽人之前的天使，一个处在甘美的笑谑和上流社会的周期的谤议所组成的十字火之中的天使，一个在芜德维尔戏院里晕倒在闷热的包厢里的天使，一个注意音乐厅的跳舞女的姿态而用王后身边的老侍臣所有的学识来批评她们的天使，一个圣马丁门戏院的天使，一个坐在马路上小戏院里的天使，一个在化装跳舞会里跟小学生一样快乐消遣的天使，一个要使爱情生存在贫困，英雄主义，牺牲的生活之中的天使，这天使曾使德斯格里昂换了一匹马，因为马的衣服不合她的意，她希望年青的伯爵穿着一位富有一百万年收的英吉利爵士的服装。她是赌场中的一个天使。当然，任何中产阶级的女人都不会像她这样天使一般的对德斯格里昂说："请您为我去赌一赌罢！"当她做一桩疯狂的事情时，她的疯狂是这么样的神圣，甚至于好像是把她的灵魂卖给魔鬼，让魔鬼来瞥视这个享受人世欢娱的天使似的。

第一个冬天之后，年青的伯爵已经从不敢应用劝谏权力的葛尔多先生处取出了超出齐斯纳尔所送来的数目三万佛郎的款项，法律公证人对于新要求所加的客气的拒绝告诉维克杜尼恩有此结欠，他所受到的打击是和他在俱乐部里输了六千佛郎而得还清这赌账时所受到的打击有同样的程度的。这一拒绝颇使德斯格里昂发怒。葛尔多律师因为这六千佛郎对他颇加信任，他一方面给齐斯纳尔写信，然而却在美丽的莫夫利额士公爵夫人的宠幸之前高声宣扬他这所谓的信任，使德斯格里昂不得不问葛尔多先生他得如何的负责还清，因为这是有关名誉的债务。

“给您父亲存过款的银行家开几张汇票，再把这几张汇票带给这银行家的代理人，他一定会给您预支这笔款，然后，请您写信给您家里，叫他们把这笔款还给银行家好啦。”

在这样窘迫的时候，年青的伯爵忽然听见内心里有一种声音，给他说出古瓦西埃的名字，他只看见到古瓦西埃在贵族之前屈膝的样子，而一点儿也不知道古瓦西埃对于贵族的意向。他就给这位银行家写了一封非常从容的信，告诉古瓦西埃他开了一张一万佛郎的汇票，这一笔款等到齐斯纳尔先生或是德斯格里昂·阿尔孟德小姐收到他的信时就可以付给他。然后他又给齐斯纳尔和他的姑母写了两封动情的信。当年青人急速走进地狱的时候，他们就有特别的狡狯，特别的本领，他们有幸福。维克杜尼恩就在一早晨之间找到了巴黎和古瓦西埃有关系的银行家的姓名和地址，就是马尔赛所告诉他的诸位客礼。马尔赛知道巴黎的一切。诸位客礼一句话也没有说就让德斯格里昂预支了汇票上所开的数目：他们短古瓦西埃的债。这赌债和寓所里的事物的状态相比较还只是小巫见大巫哩。账单和雨一般的降落在维克杜尼恩的家里。

“哩！你忙这个吗?”一天早上，拉斯迪额笑着对德斯格里昂说：“你还清这些账，亲爱的！我不相信你这样的乡下气。”

“亲爱的孩子，我们应当想到这问题，我有两万多佛郎的债。”

来找他一同到郊外去跑马的马尔赛就从口袋里拿出一只漂亮的小钱包，从里边取了两万佛郎，递给他。

“这是不让这些钱遗失的最好的方法，”他说，“我今天双倍的高兴，因为昨天晚上我赢了我可敬的养父杜德利爵士这些钱。”

这种法兰西式的恩典极端感动德斯格里昂，他相信友谊，他并不还清这些账目，而把这一笔款拿来享受快乐。依据花花公子们所说的一句话，马尔赛用一种难于形容的快乐看着德斯格里昂沉没，他很愉快的用他的两只手臂用友情的一切的阿谀靠在德斯格里昂的肩膀上，压着他，使他立刻灭亡，因为当公爵夫人把他摈出的时候，他颇以公爵夫人给德斯格里昂所发的光彩而生有妒忌之心。并且，他是一个在罪恶中欢乐跟土耳其的女人在浴室里欢乐一样的狡猾的刻薄人。所以，当他夺得赛马的锦标，当赌东道的人都聚集在他们在里边吃早饭的旅馆里，而人家可以在这里找到几瓶美酒的时候，马尔赛就笑着对德斯格里昂说：

“你所忧虑的这些账单一定不是你所欠的账目。”

“呃！他要发愁这些账目吗?”拉斯迪额立刻的辩答。

“那末，这些账单到底是谁欠的账目呢?”德斯格里昂问道。

“你难道不知道公爵夫人的地位吗?”马尔赛一边说，一边重新骑上马。

“不，我不知道。”被人暗算的德斯格里昂回答说。

“唉！亲爱的，”马尔赛立刻回答说，“她的状况是这样的：维克多琳处短了三万佛郎，胡比岗处短了一万八千佛郎，又短了赫尔保尔，拿地埃，诺尔地埃和诸位拉都尔小姑娘，一共十万佛郎。”

“一位天使这样吗?”德斯格里昂一边说，一边仰起眼睛，望着天空。

“这是天使的翅膀的账目!”拉斯迪额滑稽的说。

“她短了这些债，亲爱的，”马尔赛回答说，“这正因为她是一个天使；但是我们大家都碰过堕入这种情形的天使，”他说着，瞧了瞧拉斯迪额一眼。“女人们在这一方面是最超卓的，她们绝不听人家说到任何关于金钱的话，她们不混在金钱的问题里头；她们一点儿也不在意金钱；她们被人家请去出席生命的宴会，依据我也不知道是那一位死在医院里的诗人所说的话来说。”

“您怎么知道这个呢？我可一点儿也不知道。”德斯格里昂天真的回答。

“你一定是最后一个知道这个的，好像她一定是最后一个知道你欠债一样。”

“我相信她有十万佛郎的年金，不是吗?”德斯格里昂说。

“她的丈夫离开她，住在他的军营里，”马尔赛接着说，“他在那里省钱，因为他也有一些小债，他，我们的亲爱的公爵！您是从那儿来的呢？请您学学我们的办法，给您的朋友们记一些账。迪安小姐（我是因为她的姓名而爱她的）！乌克西尔·迪安嫁了人，带了六万佛郎年金的嫁资，她的家庭八年来已经站在有二十万佛郎年金的地位上；很清楚的，她的地产这时候都抵押了出去，押了比本来的价值更多的钱；总有一天得把钟镕化了，而天使也得逃走，因为什么呢？……这还得说吗？因为有无耻的执达吏要来逮捕一个天使，就好像他们要来捕获我们之中的一个一样。”

“可怜的天使!”

“好家伙！要留在巴黎的天国里，得花多少的钱呀！每天早上都得想法子使脸色和翅膀洁白干净。”拉斯迪额说。

因为德斯格里昂脑筋里想要对他的亲爱的迪安承认他的困难，他不禁觉得寒栗，而想到自己已经短了六万佛郎的债，还有即将送来的一万佛郎的账。他又变成相当的忧闷。他的朋友们看出了他那露出马脚的忧虑，他们就在吃饭的时候互相的谈论：

“这位小德斯里昂沉没了！他没有巴黎人的脚，他会打击脑门自杀的，他是个小傻瓜……”等等。

年青伯爵忽然得到了安慰。他的随身侍仆给他交来两封信。第一封是齐斯纳尔的信，他嗅出有责骂他的忠实的气味和用廉洁来写的字句；他敬重这封信，一直留到晚上才来念他。他用无限的快乐来念读古瓦西埃在第二封信上，好像施迦拿埃尔跪在杰郎特之前一样的跪在他的面前，用塞西郎式的口吻请求他将来不必为他所赏脸在自己的名下开汇票而叫人家预先存放款项的语句。这封信的结尾一句话就好像是为贵族的德斯格里昂家所特备的一个公开而满堆着厄古的钱柜一样，使维克杜尼恩不由得做了一个施迦拿埃尔，马斯迦里尔或一切在指头上感觉到良心的奋发的人所有的姿势。知道自己可以在客礼银行里无限的借钱，他就很快乐的打开了齐斯纳尔的信；他期待着一封到处满充劝谏的写满四张纸的信，他已经看到了许多关于谨慎，光荣，聪明行事等等的语句。当他念了这几句话的时候，他不禁昏迷了：

> 亲爱的伯爵，我的财产只剩下二十万佛郎；我请求您不要超过这数目，如果您给我面子来给您的家庭里最为忠实的仆人，对您表示敬意的仆人取去这一切的钱的话。
>
> 齐斯纳尔

“这是一个普鲁塔尔克[①]书中的人，”维克杜尼恩一边对自己说，一边把信扔在桌子上。他非常的忧愤，他觉得在这样伟大的情感之前自己是渺小的。

“好罢，我得改变生活。”他对自己说。

他不到饭馆里去吃饭，这里每一顿饭都要花他五六十佛郎，他节省，在莫夫利额士公爵夫人家里吃饭，给她叙述这封信的故事。

“我要看着这个人，”她说着，让两只眼睛好像固定的天星一般的发亮。

“您要叫他做什么呢？”

---

① Plutarque是希腊的学者，曾著有《希腊名人传》，叙述希腊各名人的生平。

“我要叫他替我办事情。”

迪安穿得跟神仙一般，她要让维克杜尼恩来崇拜她的服装，他被她对付事情，或最正确的说，对付她的债务的轻佻的态度所眩惑了。两位美丽的情侣到意大利戏院去。这位美丽而动人的女郎从来没有显得比这一次更为纯洁，更为神圣。戏院里谁也不会相信当天早上马尔赛对德斯格里昂所说的她的债务的数目。任何人世的忧愁都不会到达这个高超而满充着最为得体的女性的骄傲的额头。在她身上，一种梦幻的神色好像是被高贵的情绪所熄灭的人世的爱情的反射。大部分的男子都在打东道，认为美丽的维克杜尼恩是她用来反抗那些确信竞争者的失败的妇女们的本钱，她们私下里都和米赤儿—安琪崇拜拉发埃尔一样的羡慕她！她们之中，有的以为维克杜尼恩之爱慕迪安，这是因为她的头发，人家说她有全法兰西最好看的金栗色的头发，有的以为她的最大的功绩就是她的白皙，因为她并不是长得美，而是穿得好；有的以为维克杜尼恩爱她的脚，这是她唯一长得好看的一部分，她的脸是扁平的。但是最能描写现实的巴黎的风尚的，就是：一方面，男人们说公爵夫人供给维克杜尼恩的侈奢；一方面，女人们却告诉人家听维克杜尼恩付了一切装饰这位天使的翅膀的费用，正如拉斯迪额所说的一样。

公爵夫人的债务比自己债务还要紧迫的压在他的身上，回来的时候，维克杜尼恩二十次在他的嘴唇上挂着一个问题，想要着手解决这个事项；但是每一次这问题都在车灯微光的照耀之下的这位神仙一般的女郎的态度之前消灭了，她是用情欲来动人的，在她身上，这情欲总好像是强烈的拔除了她那圣母一般的贞洁。公爵夫人没有做下错处，来谈论自己的德性，来谈论自己的天使一般的状态，正如摹仿她的外省的女人一样；她是更能干的，她使她所要为他牺牲的人想到这上面来。六个月之后，她就装做把最纯洁的手上的接吻看做是最大的罪恶的神气，她用一种绝技来实践强取宠幸，人们没有法子不相信她后来要比从前更为接近于天使。只有相当坚强的巴黎女人才能够随时给月亮献上一个新鲜的情趣，才能够把天星加以浪漫化，才能够随时在同一的黑炭袋里打滚，而更为洁白的出来。这是理性的，巴黎的文化的最高的顶峰。莱茵河彼岸或是英吉利海峡那一边的女人们都相信她们所诵读的废话，然而巴黎的女人却使她们的情人相信这些废话，要使他们变成幸福的，给他们阿谀她们的一切世俗上和精神上的虚荣。有的人想要减低公爵夫人的功绩，认为她是第一个受她自己的邪术所欺骗的傻子。这是多么带有侮辱性的毁谤啊！公爵夫人什么也不相信，她只相信她自己。

在一八二三至一八二四年之间的冬季开始来临的时候，维克杜尼恩在诸位客礼银行里短了二十万佛郎的结欠，是齐斯纳尔和阿尔孟德小姐所不知道的。为着瞒蔽他所汲取的财源起见，他就让齐斯纳尔不时的给他寄两千佛郎来；他给他的可怜的父亲和他的姑母写了许多撒谎的信，让他们快乐的活着，好像大部分快乐的人一样的被骗。只有一个人知道巴黎生活的诱惑所要给这个伟大的贵族的家庭预备好的一个可怕的惨剧。晚上走过古物陈列室前面的时候，古瓦西埃就快乐得只管擦着手掌，他希望到达他的目的。他的目的并不是德斯格里昂的毁灭，而是这一家的受辱；那时候，他本能的感觉到他的报仇，他嗅知这报仇！总之，自从他知道年青伯爵负有许多可以压死他的债务的重量之后，他对于这报仇就觉得有把握了。他拿刺杀他那最为疾恨的仇人，可敬的齐斯纳尔，来开始他的报复。

这位善良的老年人住在柏尔盖伊街一所房瓦高耸，带有小铺石院落，院墙之上有蔷薇一直爬上第二层楼的房子里。房子的后面有一个外省的小花园，四围是潮湿而黑暗的墙，由黄杨树的边界把他分为几个扁形的地带。灰色的纤丽的房门有这个装有门铃的透光的栅栏，这门铃好像是盾式徽章一样，可以告诉人家："这里住有一位法律公证人。"这时候是傍晚五点半钟，正好是老年人消化晚饭的时刻。齐斯纳尔坐在火炉前边的一张老旧的黑皮靠椅里；他穿上了画成靴形的铁板，是他用来保护他的腿，不让火烧的。这位好好先生有一种习惯，就是把脚靠在铁杆上，一边拌炉火，一边消化他所吃的东西，他向来吃得太多，他喜欢佳肴美味。咳！除了这小缺点之外，他不是比任何人都完全吗？他刚喝过他的咖啡，他的老女管家退了出去，带走了二十年来他所用的吃咖啡的盘子；他在出去参加夜会之前等着他的书记们，他在思索着。请您不要追问他到底在想谁，或在想什么？过了一天的时光而没有让自己说："他在那儿呢？他做些什么呢？"是很少有的事。老年人相信他是跟莫夫利额士夫人一同在意大利游历。

白手成家而没有祖传产业的富人，他们的一个最甜蜜的享受就是回想这财产所给他产生过的苦痛和瞻望他们的厄古的前途：他们享受一切动词所有的时间。所以，这位可以用一个独一的忠诚来概括他的一切的情绪的男子一想到他的土地，这样选择好，这样开垦过，这样费劲买来的土地会使德斯格里昂家的领地扩大的时候，他是有双重的享受的。坐在老靠椅里空闲的时候，他就洋洋得意的想到自己的希望：他来回的瞧着他用炭笔所绘画的大厦和他用心血所给德斯格里昂家里造的大厦。他自己称颂自己所给本身的生活加上的意义，一边幻想着年青伯爵的幸福。齐斯纳尔并不缺乏聪明，在这伟大的忠诚之中，他不但有灵魂的活动，同时还有他的骄傲，他就好像是那些重造大教堂的石柱而在上面刻下自己的姓名的贵族似的：他要把自己的姓名铭刻在德斯格里昂家的家谱里，人家会在这里谈判到年老的齐斯纳尔。

正好这时刻，年老的女管家走了进来，给他显示非常恐怖的样子。

“是着了火吗，碧丽琪特?”齐斯纳尔说。

“是跟这差不多相似的事情，”她回答说，“古瓦西埃先生来了，他要跟您谈谈……”

“古瓦西埃先生!”老年人重复的说，他的心坎是这样残暴的受到狐疑的冷刀的戮刺，他甚至于让他的炭笔堕落在地下。“古瓦西埃先生在这儿，”他想，“他是我们的最大的仇人!”

古瓦西埃就像在庖厨里嗅到牛奶味的猫一样的走了进来。他行了一个礼，拿了法律公证人所给他递过的靠椅，轻轻的坐了下来，给法律公证人递过一张二十二万七千佛郎的账目，利息包括在内，说是维克杜尼恩在他的名义下所开的汇票而预支了去的，他已经付了这汇款，他请求人家立刻还他这一笔钱，不然的话，他就要用最严厉的方法来追索德斯格里昂家的储贰。齐斯纳尔一张一张的摸索着这些凶恶的汇票，一边问家庭的仇人关于这桩事情的秘密。仇人答应，如果在四十八小时之内还了这一笔款的话，他就没有什么说的：他很困难，他短了工厂厂主的钱。古瓦西埃说了一大堆这一类的金钱上的困难的话，是债主们和法律公证人们都不相信的。好好先生的眼睛里有点酸楚，他忍不住他的眼泪，他只能够用他所余下的财产的价值来抵押而还清这一笔款。知道他不容易还清，古瓦西埃就不再有困难，也不再需要钱，他忽然问老法律公证人提议由他来购买产业。这售卖就在两天之内签订合同，办理完结。可怜的齐斯纳尔，他不能够忍受知道这一家庭的孩子因为欠债而被监禁五年的思想。几天之后，法律公证人就只剩下他的事务室，他的收入和他的房子了。失去了一切的财产，齐斯纳尔在办公室的黑色榛木壁板之下踱来踱去，瞧着带有雕刻栏的栗木椽，由窗口看着他的葡萄棚，不再想到他的农场，也不再想到他在查尔所有的亲爱的田野了，不，不想。

“他将来会变成什么样子的呢？我们得召他回来，替他娶上一个有钱的妻子。”他对自己说，他的眼睛感到辛酸，他的头部觉到沉重。

他不知道如何接近阿尔孟德小姐，也不知道用什么话来告诉她这消息。他，他这位刚用这一家的名义还清了这欠款，他却因为不知道如何说这些事而发抖。从柏尔盖伊街走到德斯格里昂公馆的时候，这位老年的良善的法律公证人，他的心脏就好像从家里逃了出来，只能够在当了母亲而变成忧愁之后重回家园的少女一样的跳悸。

阿尔孟德小姐刚收到一封假仁假义的动人的信，在这封信里，她的侄儿好像是一个社会上最幸福的人似的。和莫夫利额士夫人一同游山玩水到意大利去之后，维克杜尼恩就把他的旅行记寄给他的姑母。爱情在他的一切语句中吐出气味。有的地方描写到威尼斯的风景和意大利艺术的杰作的畅快的欣赏；有的地方就有几页关于米兰的屋上圆顶，关于佛罗伦斯的描写；这里，说些阿比冷的风景，和阿比柏的风景相对立；那里，说些人家可以在自己身边找到现成的幸福的乡村，好像基阿发里。这些描写使可怜的姑母迷醉，她看见有一个天使穿行过这些爱情的国度里，这天使的温柔给这些东西产生了一种炽烈的空气。阿尔孟德小姐默默的吞下了这封长信，正如一位贤慧，因为逆意的情感而成熟，因为长久的快乐而为家庭的愿望而牺牲的女郎所应当做的一样。她没有公爵夫人那样的天使一般的神色，她好像是这些笔直、瘦小而突出的黄色小塑像。就是精巧的艺术家安放在大教堂的某些角落里的小塑像，在这些角落底下往往因为潮湿而生长了许多牵牛花，总有一天可以形成一只蓝色的美钟，来遮盖这些塑像。这时候，这钟形的花朵就在这位圣女的眼前开放：阿尔孟德小姐幻想着喜欢这一封美满的情侣，她并不觉得一位有夫之妇对于维克杜尼恩的爱情是有罪的，然而她会这样的责骂过别人；可是在现在的情形之下，不爱她的侄儿倒反而是罪恶。姑母们，母亲们，姊妹们，她们对于她们的侄儿，她们的儿子，她们的弟兄都有一部特殊的法典。所以，她就觉得自己是处在女神在威尼斯大运河的两岸之间所建筑的天宫的中间。她就在维克杜尼恩的扁形船上，维克杜尼恩好像对她说他是如何高兴的在她的手中感觉到公爵夫人的美丽的纤手，能够被爱而在意大利诸海之中令人爱慕的王后的怀抱之中游行着。正在她享受这天使一般的全福的当儿，在走廊的尽头却出现了齐斯纳尔！咳！沙砾在他的脚下作响，好像是从死神的沙漏之上堕落下来的沙砾一般，又好像是她用没有穿上鞋子的脚来研磨的沙砾一样。齐斯纳尔的脚声和他那失望可怕的神色使老小姐发生了一种残暴的情感，是把灵魂所送到梦乡里的感觉召回之后所生的结果。

“他怎么啦?”她喊道，好像心坎上受到一个打击似的。

“一切都完了!”齐斯纳尔说，“如果我们不想方法的话，伯爵先生一定会使家庭受到侮辱。”

他就拿出汇票给她看，用几句简单而有力动人的话语描写了几天以来他所受到的苦楚。

“这不幸的人，他骗了我们啦!”阿尔孟德小姐喊道，她的心脏在巨浪滚来的血潮的澎湃之下肿胀了。

“就说是我的罪过罢，小姐，”老年人用高亢的声音接着说，“我们把他养成了习惯，去满足他的欲望；他需要严厉的指导，然而您我都不能够胜任，因为您是一位女郎而他也不听我的话：他没有母亲。”

“家道衰微的贵族是有可怕的命运呀!”阿尔孟德小姐两眼流泪的说。

正在这时刻，侯爵出现了。他刚从散步场上回来。当老年人散步的时候，他一边还念着他的儿子用贵族的观点给他描写旅行的情况的书信。据说，维克杜尼恩在热内瓦，在杜灵，在米兰，在佛罗伦斯，在威尼斯，在罗马，在拿坡尔尔地都受到意大利最高贵的家庭的招待；他之所以能够受到他们的逢迎都是因为他的家望，同时也许也因为公爵夫人。总之，他在那里很威严的显示过，正如一位德斯格里昂家的少爷所应当显示的一样。

“你一定会做些傻事，齐斯纳尔。”他对老法律公证人说。

阿尔孟德小姐给齐斯纳尔做了一个暗号，一个热烈而可怕的暗号，是两个人所共同了解的。这位可怜的父亲，这一只封建的光荣的花朵，他得和他的幻想一同死去。高贵的法律公证人和高贵的女郎就用一个简简单单的点头来签订他们之间的一个默认的忠诚的契约。

“啊！齐斯纳尔，当特里微尔斯元帅效忠法兰西，和巴耶尔一样听从一位德斯格里昂的命令的时候，十五世纪左右的德斯格里昂家里人却并不是这个样子到意大利去的：另一个时代，另一种欢乐。然而莫夫利额士公爵夫人却比得上施披诺拉侯爵夫人。”

站立在世系树之上的老年人就用一种自负的神气来平衡自己的体重，好像那里还有施披诺拉侯爵夫人似的，好像他还占有近代的公爵夫人似的。当两位忧愁的人单独留下，坐在同一的长凳上，集中在同一的思想上的时候，他们就花了很长的时间彼此说了一些空泛而毫无意义的话，瞧着这位幸福的父亲好像对自己说话似的指手画脚的走了出去。

“他会弄到什么地步呢？”阿尔孟德小姐说。

“古瓦西埃已经给诸位客礼下命令，叫他们不要再给他交付没有他的通知书的款项。”齐斯纳尔回答说。

“他短了债罢？”阿尔孟德小姐接着说。

“我恐怕是。”

“如果没有了财源，他要怎么办呢?”

“我甚至于不敢回答我自己这个问题。”

“可是，我们得把他从这种生活里拉出来，把他带回这里来，因为他会弄到什么也没有的地步。”

“而且会弄到什么信任也没有的地步。”齐斯纳尔悲伤的重复说。

阿尔孟德小姐还不懂得，她不能够懂得这句话的意义。

“得用什么法子把他从这位女人手里抢回来呢?从这位可以诱惑他的公爵夫人手里抢回来呢?”她说。

“他会因为要留在她身边而做下许多罪恶。”齐斯纳尔说，他在想方法从忍受得了的拐弯的说法讲到不能忍受的意见上面来。

“许多罪恶!”阿尔孟德小姐接着说，“啊!齐斯纳尔，这想法只能够从您口里说出来，”她加上一句话，给他投去一道逼人的眼色，这是女人们可以用来恫吓天神的眼色，“绅士们不会犯其他的罪，他们只能够犯所谓的卖国罪，人家也就会因此而把他的头颅砍断在黑布之上，好像杀国王一样。”

“时代已经改变了，”齐斯纳尔摇了摇因为维克杜尼恩而掉落了最后的头发的头说，“我们殉国的国王并不是像英吉利的查礼那样的死法。”

这个思考平静了贵族小姐的愤怒。她不禁颤栗起来，还不相信齐斯纳尔所说的意见。

“我们明天再决定罢，”她说，“我们得想一想。如果发生什么不幸的话，我们还有我们的财产哩。”

“是的，”齐斯纳尔接着说，“您和侯爵先生的财产是公有不分的，其中的大部分是属于您的，您可以不必告诉他而把这财产抵押出去。”

夜会的时候，魏斯特，礼微西，波斯顿，骰子戏的赌友们都注意到阿尔孟德小姐平常那样平静，那样洁净的脸纹里有一些激动的神色。

“可怜的高超的女孩子，”年老的卡特兰侯爵夫人说，“她还得苦恼。一位女人总不知道为什么她得献身为家庭而牺牲。”

第二天和齐斯纳尔商议的结果，阿尔孟德小姐就决定到巴黎去，把她的侄儿从危险中拯救出来。如果有什么人能够架走维克杜尼恩的话，这难道不就是一个对他有许多母爱的情感的女人吗？阿尔孟德小姐决定去找莫夫利额士公爵夫人，她要坦白的告诉这位女人一切的事情。但是她得找出旅行的借口，来遮瞒侯爵和全城的人的眼睛。阿尔孟德小姐拿她的一切的贞洁女人的德藻来冒险，让人家相信她有一种非请教著名的大医生不可的病症。上帝知道人家到底是不是拿这桩事情来谈论。阿尔孟德小姐看见还有一种她的光荣之外的光荣也在冒险！她走了。齐斯纳尔给她带来他的最后一袋金路易，她取了这金钱，甚至于显得一点儿也不在意的神气，好像戴上她的白帽子和她的网线手套似的。

“多么勇敢的小姐啊！多么仁慈啊！”齐斯纳尔一边说，一边请她坐在车中，同时也把她的女仆送上了车。这女仆就好像是教会的看护妇似的。

正如外省的人计算一切事情，古瓦西埃也计算了他的报复。在世界上，只有野蛮人，乡下人，外省人才彻底的从各方面来研究他们的事情；所以，当他们把思想实现为事实的时候，您就可以发现他们的事情都是完全的。在这三种哺乳动物的身边，外交家只能够算是小孩子，这三种阶级的人有充分的时间，然而这时间的成分却是那些被迫去思索许多事情，去指导一切活动，去给人间大事做下一切的准备的人们所缺乏的。古瓦西埃到底是算准了他所预先看到容易让他报复的可怜的维克杜尼恩的心呢，还是利用几年来他所探伺的偶然的机遇呢？当然，在准备这打击的步骤之中，我们可以找到一个足以证明他的才干的细节。到底是谁给古瓦西埃通气呢？是不是诸位客礼呢？是不是在巴黎念完法学的郎塞勒法院院长的儿子呢？古瓦西埃知道莫夫利额士公爵夫人遇到最后的困难，又知道德斯格里昂伯爵受穷苦的吞噬（这穷苦的可怕和他的巧妙的掩饰是同样的程度的），他就给维克杜尼恩写一封信，告诉他从此之后不准他再向诸位客礼借钱使用。这位不幸的青年施展精神，假装阔绰。这封告诉他的牺牲者说诸位客礼不会再给他交付没有通知书的款项的信，在过分的敬词和签名的公式之间留有一个相当大的空白。把这一段信切断，就可以很容易的造出一张数目相当大的票据。这一封凶恶的信一直写到第二张纸的背面上边；信是折起来套在信封里的；背面是空白的。

这封信到达的时候，维克杜尼恩刚刚好辗转在失望的沟壑里。混过了两年最欢乐，最快感，最不费心思，最奢华的生活之后，他却看见自己面临着一个无法开交的穷困，绝对没有得到金钱的可能性。旅行并不是没有经过许多经济上的蜩螗而完结的。在公爵夫人的援助之下，伯爵非常困难的从几家银行里强取到一些钱款。这些钱款是用汇票的方式取出的，他们用最严厉的面目和银行方面跟商事法庭方面的不可和解的追索一同站在他的面前。在这最后的享受之中，这位不幸的孩子已经感觉到协统的宝剑的尖端。吃宵夜的时候，他就好像唐璜①一样的听见登上楼梯的石像的笨重的脚声。他不禁感到一种不可言状的颤抖，是债务的热风所给他产生的。他只希望偶然的机缘。五年以来，他总是中了彩，他的钱包总是充满的。他对自己说在齐斯纳尔之后就来了古瓦西埃，在古瓦西埃之后，一定会喷出另外一个金矿。此外，他还赢

① Don Juan是西班牙传说中的人物，据云曾因抢夺乌路亚协统（Ulioa）的女儿而杀死协统。后来曾邀请他的牺牲者的石像赴宴。

了许多赌金。赌博已经救过他好几次了。他常常在疯狂的希望之下到外侨俱乐部去输掉了他在魏斯特牌戏中所赢得的一切。两个月以来，他的生活颇为类似是莫沙尔的《唐璜》的不朽的尾声！这一段音乐应当可以使那些爬到维克杜尼恩在那里挣扎的地位的人们发抖。如果有什么东西可以证明音乐的力量的话，这难道不就是极端纵欲的生活所产生的这种紊乱困苦的表达吗？这难道不就是描写不顾一切的欠债，决斗，行骗，做坏事的惊人的图像吗？在这一段乐曲中，莫沙尔是莫利哀的幸运的竞争者。这一段可怕的尾声是热烈的，奋激的，失望的，狂乐的，满充着骇人的幽灵和哀怨的女鬼，表现出一种由宵夜的浓酒而鼓励的最后的企图，一种疯狂的防卫；这整篇的凶恶的诗章，却由维克杜尼恩一个人单独来演奏！他看出自己是孤单的，被弃的，没有朋友的，站在一块上面写有书尾上所有的“完了”这个语词的石头之前。是的！他的一切都要完了。他看见冷淡而嘲谑的眼色，他的同伴用以欢迎他的悲惨的遭遇的微笑。他知道从那些在巴黎给交易所所铺的绿色毯上，在沙龙里，在社会中，在到处随便挥霍巨资的人里，没有一个人可以从中分出一张钞票来救援一位朋友。齐斯纳尔应当是已经破产了，维克杜尼恩已经把齐斯纳尔吃光了。在意大利戏院的包厢里，他们的幸福总是全厅的人所羡慕的。当他在这包厢里给公爵夫人微笑的时候，一切的兴奋激动他的心坎，把他瓜分了。总之，为着解释他这位爱惜生命到懒于保全生命的地步的人，在怀疑失望的深坑里辗转到什么地步起见，（这位天使给他把这深坑弄得这样的美丽啊）！好！他就瞧着他的手枪，他甚至于怀有自杀的念头，他，他这位色情狂的坏家伙，这位侮辱家望的浪子。他，他这位不会忍受辱骂的贵公子，他对自己说了许多只有自己说给自己听的劝谏。他把古瓦古埃的信翻开放在床上。约瑟芬把这封信交给他的时候，正好是九点钟。他已经从音乐厅回来睡了，虽然他的家当已经被人没收了；然而他倒和公爵夫人在几小时的宫廷的宴会，狂欢的跳舞会，最为繁华的夜会之后都到那里去纵情的那间小屋里混过。面子算是非常巧妙的保住了。这间小屋是一间屋顶房，表面上是粗俗的，然而倒是用印度的仙女来装饰的，而且进来的时候也不得不在这里低下她那满插羽毛花朵的头。灭亡的前夜，伯爵想要跟这风流雅致的鸟巢告别。这鸟巢是他所建造的，他会把这鸟巢弄成一首配得起他的天使的诗章；然而从此之后，在这里，那可爱而被不幸打破的卵子却孵化不出白色的飞鸽，光艳的班加尔鸟，赤鹤，生命的最后日子里还在我们头上飞翔的成千的异禽。咳！在三天之内，他就得逃走了，因为给借放高利贷的人所签的借据而要被追索的最后的期限已经到来了。

他的脑筋里忽然想起了一个凶恶的念头和公爵夫人一同逃走，一同到北美洲或是南美洲的边僻的地方，一个无人知晓的角落里去生活；但是得随身带有一笔财富一同的逃走，让这些债权人鼻子朝着他们的契约发呆。

为着实现这计划起见，他只要切断这封签有古瓦西埃名字的信的下端，假造一张票据，拿到诸位客礼的银行去就行了。这是一个可怕的斗争，在这斗争里，流有无数的眼泪，而宗教的声望也终于胜利了，不过是有条件的胜利罢了。维克杜尼恩要知道他的美丽的迪安的真意，他只能够在她同意他们的私奔之下来实行他的计划。

他到圣奥瑙利镇街公爵夫人的家里来；他在那些他用专诚的爱护（不只是用金钱而已）所弄到的媚人的晨装里找到了她，这些晨装可以允许她自早上十一点钟起开始施展她的天使的权力。

莫夫利额士夫人半昏半沉的思索着：同样的忧愁吞噬着她，但是她却勇敢的忍受着。生理学家在女人的身体上曾经注意过几个特殊的组织，其中的一个就有我也说不出来的如何的可怕的成分，有灵魂的活力，观察的敏悟，果断的精神，无忧无虑的态度，特别对于某些事情有决心，可以惊吓一位男子的决心。这些机能就隐藏在最为温柔的虚弱的外表之下。这些妇女，只有这些妇女可以使步风所认为只存在于男性之中的两个人结合或是争斗。其他的妇女就是纯粹的女性了；她们是完全温柔的，完全母性的，完全忠诚的，完全无能的或是烦扰的；她们的神经和她们的血液相结合，而她们的血液又和她们的脑筋相调和。但是公爵夫人这样的女人却可以走到最高的感觉，而又可以证明她是如何的自私而无感情。莫利哀的一个光荣就是他能够非常巧妙的描写这些妇女的天性，不过这只是一方面的描写罢了。他把这些妇女的天性表现在他所雕琢的最伟大的人物之上：薛丽曼！薛丽曼之代表贵族妇人，正如《菲加罗》的巴奴尔赤之代表民众一样。所以，在许多债务的重压之下，这位公爵夫人就对自己下了命令，只能够在一个单独的时刻之中为着下决心而想到这些雪崩一般的忧虑，这简直就和拿破仑有意的忘记，又有意的负起思想的重担一样。她有机能可以把自己和自己隔开，而在几步之外看到惨剧的来临，不要把自己沉埋在底下，这的确是伟大的，然而在一个女人方面却是可怕的。在她醒来想起一切的念头的时刻和她穿好衣服细心打扮的时刻之间，她就看着她的危险的整个的范围，可怕的失败的可能性。她想逃到外国去，或是走到国王面前对他宣布自己的债务，或是引诱一位迪叶，一位儒僧庄而在交易所里赌博来找还钱的办法；用他所要送给她的金子，中产阶级的银行家一定会变成相当的聪明，只希望生产一些利益，而绝不谈到损失，这是可以使一切弯曲的精明。这些方法，这个惨剧，这一切都镇定而冷静的被她决定了，没有颤栗。正如博物学家捕捉最庄丽的蝴蝶而用一条别针把他钉在棉布上一般，莫夫利额士夫人也把她的爱情从心中取掉，来想象当时的需要，等着去重新进行她的美丽的爱情，只要她能够保住她的公爵夫人的冠冕的话。她没有李慈刘只对约瑟司铎述说，拿破仑最初瞒着一切的人的犹豫；她对自己说："或者这样，或者那样。"维克杜尼恩进来的时候，她正在火炉的一角上，吩咐人家给她穿衣服，预备到树林去，如果天气好的话。

虽然有许多潜伏的能力，虽然有这样活跃的精神，伯爵却变成这位妇女所应当变成的那个样子：他的心脏跳悸，他在花花公子的戎装里流汗，他还不敢伸出手去敲打那一块掉了下来就可以使支持他们的共同存在的金字塔崩塌的石头：为着探听真意，他是费了多少的劲儿呀！最坚强的男子都喜欢在某些事情方面来欺骗自己，在这些事情中，公认的真理会使他们屈服，会使他们自己攻击自己。维克杜尼恩逼着自己的狐疑到确切的地上来。他说出一句招祸的话。

"您有什么事呀？"这是莫夫利额士·迪安看见她的亲爱的维克杜尼恩时所发出的第一句话。

"可是，亲爱的迪安，我陷在最困难的境地里，就是一个沉在水底喝最后一口水的人也比我幸福。"

"嘿！"她说，"哭穷罢？您是一个孩子。咱们瞧，您说您是什么事呀？"

"债务逼死我，我已经碰了壁了。"

"不，只是这桩事情吗？"她微笑的说，"一切关于金钱的事情总会了结的，不是这个方法了结，就是那个方法了结，只有心灵的惨剧是无法补救的。"

突然让她了解他的地位之后，他就从容不迫了。维克杜尼恩用他的才干和他的精神把这三十个月的光耀的生活的地毡翻开，然而却是从反面打开的。他在他的叙述中展开一切人在危急的时候都没有缺乏的应时的诗章，他知道用他对事物和人众的雅致的轻蔑来装饰他的故事。这是贵族的派头。公爵夫人听着他，好像她懂得听他似的，她把手肘靠在她的高膝上，她的脚靠在凳子上。她的手指极有风韵的托着她的颔部。她的两眸呆盯着伯爵的眼睛，但是无数的情感却在他们的眼蓝之下显示着，好像两朵云彩之间的风波的微光一般。她的额头是镇静的，她的嘴部是庄严而聚精会神的，而赋有爱情的，她的嘴唇因为维克杜尼恩的嘴唇的转动而沉默。这样倾听他，您知道，这可以使人相信有神圣的爱情自这心中流出。所以，当伯爵对这个和他的灵魂相结合的灵魂提议私奔的时候，他就不得不嚷着说：

“您真是一个天使啊！”

还没有开口说话的美丽的莫夫利额士夫人也只好回答了。

“好，好，”公爵夫人说，她不是献身于她口头上所说的爱情，而是计划着她自己心里知道的深刻的阴谋，“问题不在乎这个，我的朋友……（天使只不过是这个而已。）咱们替你想罢。是的，我们可以走了，越早走越好。请您布置一切罢：我要跟您走。把巴黎和社会扔在那里，真是不错呀！我要偷偷的准备，让人家怀疑不出什么。”

“我要跟您走！”这句话就和这时代马尔斯所说出来要使成千的观客颤栗一样的说了出来。当一位莫夫利额士公爵夫人在这一类的句子中给爱情贡献一个牺牲的时候，她就算是已经还了她的债了。对她说一些庸俗的琐话是可能的吗？维克杜尼恩能够和计算应用这些方法一样的隐蔽他们，因为迪安严守缄默，并没有询问他：正如马尔赛所说的一样，她还不外是被请去出席男子们应当给她烹调的盛宴。维克杜尼恩不愿意在没有证明这允许之前走了：他得从他的幸福中汲取一些勇气，来决定一个行动，这个行动，依据他所说的，是会被人误会的；但是他总在计算倚靠他的姑母，他的父亲来阻止这桩事情，这计算是他拿来决定一切的理性，他甚至于计算依靠齐斯纳尔来发明一些和解的方法。并且，这桩事情也是唯有拿家庭的土地来抵押借款的方法。伯爵和公爵夫人可以利用这三十万佛郎到威尼斯的一个宫殿里去过一个幸福而隐藏的生活；他们可以在那里忘记了宇宙间的一切！他们互相预先述说他们的故事。

第二天，维克杜尼恩开了一张三十万佛郎的票据，他提了这张票据到诸位客礼银行里去。诸位客礼照数的付了款；这时候，他们有古瓦西埃的存款，但是他们却写信通知古瓦西埃，叫他不要没有他们的通告就随便请他们付款。古瓦西埃非常的惊愕，他向他们算账，他们也就把这账目送给他。这账目给他解释了一切：他的报复算是失败了。

维克杜尼恩有了他的钱之后，他就把钱带到莫夫利额士夫人家里来，夫人把银行的钞票锁在写字楼里，而要于最后一次在音乐厅里观剧的时候对社会说声再见。维克杜尼恩是空想的，疏忽的，忧愁的；他开始思索了。他想他在公爵夫人包厢里的坐位会花费他很多的钱，他想他最好是把这三十万佛郎放在安全的地方之后坐着邮车跑回去，跪在齐斯纳尔脚前，给他供述自己的困难。散场之前，公爵夫人忍不住又给维克杜尼恩投去一道可敬的眼色，给他表现她还愿望给她这样爱好的鸟巢说声再见！过于年青的伯爵又损失了一个夜晚的时间。第二天三点钟，他又到莫夫利额士公馆来听取公爵夫人的命令，要在半夜里动身。

“我们为什么要走呢?”她说，“我很费点心想过这个问题。包西恩子爵夫人和兰齐公爵夫人都失踪了。我的私奔未免有点随俗的神气。我们可以硬着头皮来顶风波。这比一走了之完美得多。我相信我们一定能成功。”

维克杜尼恩目眩眼花，他好像觉得他的皮肤都分解了，他的血液都在各血管里狂流。

“您怎么啦?”美丽的迪安看见一切的女人都不宽恕的犹豫，就惊愕的嚷着。

对于女人所有的一切的幻想，能干的男子最初都得说“是”，然后再给她们指示“不是”的动机，让她们有权利去无限制的改变她们的思想，她们的决定和她们的情感。维克杜尼恩第一次发怒，但是这却是弱者和诗人的怒气，有雨有闪电而没有雷鸣的风波。他责难这位天使的失信，因为他曾为这天使而把他的生命，家族的光荣来冒险。

“原来是这么一回事，”她说，“十八个月的温柔的生活之后，我们原来是这么一个结果！您让我苦痛，您太让我苦痛了。请您滚您的罢！我不愿意再看见您。我还以为您爱我，原来您并不爱我。”

“我并不爱您吗?”他听到这句责骂，不禁惊愕的问。

“是的，您不爱我，先生。”

“还不止爱您哩!”他喊道，“啊！要是您知道我刚为您做的事情的话!”

“呃，您到底为我做了些什么呀，先生?”她说，“好像人家不应当为一个为您做了许多事情的女郎做一切的事情似的!”

“您不配知道这桩事!”疯狂的维克杜尼恩喊道。

“啊!”

在这高妙的“啊!”之后，迪安就斜着脑袋，把他抱在两只手里，保持着冷淡，呆定，难于和解的态度，好像那些不同情人世的任何情感的天使也应当这样保持似的。当维克杜尼恩看见这位女郎这样可怕的姿势的时候，他就忘记了他的危险。他是不是得来虐待这个世界上最具天使性质的女郎呢?他要她的宽赦；他就跪在莫夫利额士·迪安的脚前，吻着她的脚；他恳求她的宽赦，他哭了。这不幸的孩子留在那里两个钟头做了成千的疯狂的举动，然而他总找到冷酷的脸孔，不时的流着粗大寂静的泪珠的眼睛。这眼泪一流出来就由她加以拂拭，免得让卑贱的爱人来接。公爵夫人装出这种可以使妇女变成庄严神圣的女郎的苦痛。两个钟头之后又来了两个钟头。然后，伯爵就握着迪安的手，他觉得这手是冰冷而没有灵魂的。这满充着宝库的美丽的手就好像是一块软木似的：他并没有表达任何的思念，他并不是人家伸过来的，乃是被伯爵抓过来的。他没有生命了，他不会思想了。他再也看不见太阳了。怎么办呢？得怎么解决呢？得下什么主意呢？

一个整夜里偷了王家图书馆的金质勋章的徒刑第二天早上就来请求他的老实的兄弟把这些勋章来熔化；他听见他的兄弟说："怎么办呢"而回答说："给我弄点咖啡罢。"在维克杜尼恩所有的这种机缘之下，为着保持冷静起见，一个人就得有这位徒刑的同样的组织。然而维克杜尼恩却堕在呆笨的惊怖之中，这惊怖的暗影就蔽住了他的精神。在这灰色的云雾之上就飞扬着他要对他们告别的欢乐的影像，正如拉发埃尔布置在黑底之上的肖像一般。

公爵夫人又严酷，又瞧不起人的样子，她一边舞弄着肩带的一端，一边对维克杜尼恩射去几道愤怒的眼色，她用她的人世的回忆来撒娇，她对她的情人说到他的情敌，好像这愤怒使她决定从这些情敌之中找出一个来代替一个可以在一刻钟之中否认二十八个月的爱情的男子似的。

"啊！"她说，"这位这样忠实于莫尔梭夫夫人的可爱的小王地尼斯·菲力士绝不会演出这一幕剧！他讲爱情，他！马尔赛，这位可怕的马尔赛，大家都说他是老虎，然而他倒是一位虐待男子而妩媚女人的坚强的男子汉。孟特里物曾在他的脚下因为发怒而踏碎了兰齐公爵夫人，好像奥塞罗杀死德黛孟一样，这发怒至少可以证明他的过度的爱情：这不像吵架那样的没出息！让人家这样的踏碎倒是顶痛快的！短小清瘦而纤弱的金栗发的男子们喜欢扰搅女人，他们只能够统治这些脆弱的可怜的女郎；他们之所以讲爱情，是要找到一个理由来相信自己是男子。爱情的苛虐是他们所有的唯一的施展权力的机会。她不知道为什么她得受一位金栗发男子的统治。马尔赛，孟特里物，王地尼斯，这些棕色发的美男子，他们的眼睛里有太阳一般的光芒。”

这一大堆的讥刺就好像是枪弹一般的叫响着。迪安在每一句话里都放出一两条箭矢：她一个人强迫对方屈服，一个人戮刺对方，一个人伤害对方，好像十个野蛮人要给缚在架上的仇人苦痛时给对方的伤害似的。

伯爵忍不住发出狂叫说：“您发疯了！”然后就出去了。上帝知道他是在那一种状态之下出去的！他好像从来没有牵过马一般的拉着他的马。他撞碰许多的车辆，他在路易十五广场上碰在界石上，他不知道自己到那里去，就这样的走。他的马觉得没有人制御，就从奥尔赛堤岸那一边跑回马厩里去。在大学街里转弯的时候，这两轮轻马车就被约瑟芬拦住了。

“先生，”老头儿惊惶失措的说，“您不要回到您家里去，法院里已经派人来抓您来了……”

维克杜尼恩认为这逮捕是因为那一张还不能够送到检察官手里的票据，他不知道这是因为几天以来都在进行合法清算手续真正的汇票，这些汇票的清偿是由商事法庭的法警和侦探，执达吏的随员，承审员，警务员，警察，宪兵和其他社会秩序的代表人来办理的。正如大部分的罪犯一样，维克杜尼恩只想到自己的罪行。

“我完了！”他喊道。

“不，伯爵先生，请您向前走，请您到葛莲纳尔街班拉方登旅馆去。您可以在那里找到阿尔孟德小姐，小姐刚到的；她的马都驾在车上，她在等着您，要带您走。”

危急的时候，维克杜尼恩抓住了沉没水中时人家给他手里所递来的一枝树木；他跑到旅馆来，在那里抱吻着和马德莲一样哭泣的姑母：人家一定会说她是她的侄儿的错过的从犯。两个人登上了车，一会儿之后，他们就离开了巴黎的境界，来到布勒斯特大道上来了。筋疲力尽的维克杜尼恩还是保守沉默。当姑母和侄儿谈论的时候，他们两个人都不假思索的错认了把维克杜尼恩投在阿尔盂德小姐手臂中的不幸：侄儿想到自己的错过，姑母想到债务和汇票。

“您都知道了吗，姑姑?”他对她说。

“是的，可怜的孩子，但是我们在这里。这时候，我并不骂您，勇敢一点儿。”

“您得把我藏起来。”

“也许……是的，这是一个好主意。”

“我是不是能够没有让人家看见而回到齐斯纳尔家里呢？我算我们会在半夜里到达的。”

“这最好，我们可以更自由来瞒我的哥哥。可怜的天使，他多苦痛啊!”她说着，一边摸抚着这位败子。

“噢！现在我懂得什么是不光荣了，他使我的爱情变冷。”

“不幸的孩子，有多少的幸福，也有多少的穷苦!”

阿尔盂德小姐把侄儿那热烫的头部靠在自己的胸口，她吻着这个寒冷而发汗的额头，好像圣女们把基督放在卷尸布里时应当接吻他的额头似的。

根据他的妙算，这位浪子就在夜里被人送到柏尔盖伊街的平静的房子里，但是偶然的事情使他一到那里就踩在狼尾上，依照外省人的说法。前一天，齐斯纳尔和勒皮礼苏先生的书记长订好了售卖事务室的合同，勒皮礼苏先生是自由党的法律公证人，正如他是贵族的法律公证人一样。这位年青的书记家里很富有，他能够给齐斯纳尔一大笔分期付款的期票：十万佛郎。

“拿了这十万佛郎，”老法律公证人一边擦手，一边说，“人家就可以还清许多的债务。年青人欠了许多高利贷的款项，我们可以把他关在这里。我可以到那边去，我，去让这些狗屈服。”

齐斯纳尔，老实的齐斯纳尔，品行高洁的齐斯纳尔，庄严的齐斯纳尔就管他所疼爱的孩子维克杜尼恩伯爵的债权人叫做“狗。”

当阿尔孟德小姐的四轮轻车驶进柏尔盖伊街的时候，未来的法律公证人刚刚好离开这条街。一切看见一辆四轮轻车在这时刻，在这城中停留在老法律公证人门前的年青人都会自然而然的诧异。这好奇心就够得使书记长停留在一道房门的背后，他在那里看见是阿尔孟德小姐。

“德斯格里昂·阿尔孟德小姐这个时刻到这里来！德斯格里昂家到底发生了什么事啊？”他对自己说。

看见是小姐，齐斯纳尔就相当神秘的接她进去，把他手里所提的灯光拿到里边去。看见是维克杜尼恩，听了阿尔孟德小姐朝着他的耳朵所说的第一句话，这位好好先生，就懂得一切了：他瞧着街中，看见她是沉默而清静的，他就做了一个暗号，年青伯爵也就从四轮轻车里跳到院子里。一切的一切都算是失败了，因为维克杜尼恩的隐匿已经被齐斯纳尔的接承人知道了。

“啊！伯爵先生！”当前任的法律公证人把维克杜尼恩安置在齐斯纳尔的办公室后面的一间房子里的时候，他这样的喊道。人家只能够在走过好好先生的身边之后才能够到这房子里去的。

“是的，先生，”年青人明白老朋友的叹息，就回答说，“我没有听您的话，我是堕在一个可以毁灭我的地狱里边来了。”

“不，不，”好好先生很得意的瞧着阿尔孟德小姐和伯爵，“我已经卖掉了我的事务室了。我工作太久了，我想得休息休息。明天中午就可以有十万佛郎，有了这些钱，我们就可以做很多的事情。小姐，”他说，“您太累了，请您上车回家去睡觉去罢。明天再办事好啦。”

“他安稳吗?”她指着维克杜尼恩回答说。

“是的，”老头儿说。

她抱吻她的侄儿，在他的额头上留下几点泪珠，就出去了。

“好，齐斯纳尔，在我现在所有的情形之下，您的十万佛郎有什么用呢?”当他们开始谈论事情的时候，伯爵对他的老朋友说，“我相信您还不知道我的不幸的范围哩。”

维克杜尼恩解释他的事情。齐斯纳尔大为惊惶。如果没有忠心的力量来支持他的话，他一定会因为这打击而死去。两行清泪流下他的眼睛，人家会以为他的眼睛已经干涸了哩。他又返老还童了一些时刻。有一些时候，他就失去了知觉，就好像一个看见自己的房子着了火，从窗户里看见他的儿女的摇篮燃烧，马匹厮叫的人似的。他的脚浮了起来，正如阿米奥所说的，他好像高大了起来，他举起了他的老手，用失望而疯狂的姿势摇动着他的手。

“但望您的父亲好好的死去，不知道这桩事情，年青人！犯了伪造罪已经够了，别再犯弑父罪！逃走吗?不，他们可以用缺席的裁判来定您的罪。不幸的孩子，您为什么不假造我的签字呢?我，我可以付这笔钱，我不会把这票据让人送到检察官那里去！现在我却没有办法了。您把我逼到地狱的最后一个穴洞里去。古瓦西埃！要弄到什么地步呢?怎么办呢?如果您杀死了什么人，这还有办法解释；可是犯了一桩伪造罪！一桩伪造罪！而且时间，时间这么样的过去，”他一边说，一边用一种逼人的姿势指着他的老挂钟，“现在得有一张假护照；罪过引出罪过。得……”他说着，歇了一会儿，“无论如何，得救一救德斯格里昂家的面子。”

“可是，”维克杜尼恩喊道，“钱还存在莫夫利额士夫人家里哩。”

“啊!”齐斯纳尔惊叫着，“好!还有一些儿希望，小小的希望：我们不是可以感动古瓦西埃，收买他吗？如果他愿意的话，他可以得到家里的一切的财产。我要到他那里去，我要唤醒他去，把一切的财产都献给他。并且，我也不说是您做错了事，我要说是我犯的罪。我要受罚去摇船去，我已经过了被罚摇船的年纪了，人家只能够把我关在监狱里。”

“可是这票据的内容是我亲笔写的，”维克杜尼恩说，他颇为这种无稽的忠诚惊愕了。

“真傻!……对不起，伯爵先生。您得叫约瑟芬写才行，”疯狂的老法律公证人惊叫着，“他是个好孩子，他可以端一切的黑锅。现在算是完了，世界已经崩塌了，”坐了下来的压伏了老头儿接着说。“古瓦西埃是一只老虎，我们得当心别叫醒了他。现在几点钟呢？票据在那里呢？在巴黎，人家可以从客礼银行里赎了回来，他们会同意这个的。啊!这是最危险的一桩事，我们所走错的唯一的一步。总之，得有钱。来罢，谁也不知道您在这里，请您就藏在地窖里过日子，如果必要的话。我，我要到巴黎去，跑到巴黎去，我听见布勒斯特来的邮车的声音。”

这时刻，老年人又来恢复了他的青春，他的活力，他的坚毅的机能；他自己打了一包行李，取了金钱，把他的义子关在一间小房子里，在那里放下一块六磅重的面包。

“别作声，”他对他说，“躲在里边一直等到我回来的时候为止，晚上别点灯，不然的话，您就得坐监去!您听见我说没有，伯爵先生？是的，坐监去，如果在我们这样一座城市里，有人知道您在那儿的话。”

然后，他就吩咐女管家告诉人家说他病了，不要招待任何的人，碰回一切的人，把一切的事情都移到三天之后来办理。吩咐毕，齐斯纳尔就离开自己的家出去了。他去引诱邮站的管理员，给他讲一篇故事，因为他有一个小说家的能耐：人家允许他只要有空位，他就可以没有护照而坐车，他让人家给他守秘密，不告诉别人这仓皇的旅行。侥幸得很，邮车很快就到来了。

五　齐斯纳尔救援德斯格里昂

第二天夜里，法律公证人在巴黎下车，早晨九点钟，他就到客礼银行去；他在那里打听到不幸的票据已经在三天之前送还给古瓦西埃了；但是，虽然他打听了他的消息，他却没有在那里说过任何足以招祸的话语。告别这几位银行家之前，他问他们如果还了这些款项的话是不是可以将这一张票据弄回来。客礼·佛兰苏回答说这票据是属于古瓦西埃的，只有他有权力留住或是发还。失望的老年人就到公爵夫人家里来。这时刻，莫夫利额士夫人不接见任何的客人。齐斯纳尔感觉到时间的宝贵，他坐在接待室里，写了几行字，想方法引诱，眩惑，打趣，吩咐世界上最傲慢，最难于接近的家仆，使这几行字能够到达莫夫利额士夫人的眼前。公爵夫人虽然还没有起床，在全家的极大惊异之下，她却在卧室里接见这位穿有黑色裤，折叠袜，钩钮鞋的老头儿。

“您有什么事啊，先生?”她说着，在蓬乱里安放她的姿势：“他要我怎么呢，这负恩的孩子?”

“公爵夫人，”好好先生惊喊，“您有我们的十万厄古。”

“是的，”她说，“这是什么意思呢?”

“这一笔款是一种可以把我们送去受罚摇船的罪过的结果，然而我们之所以犯了这罪过却是为的对您的爱慕，”齐斯纳尔激动的说，“您是聪明人，您怎么会没有猜想到这一层呢？您不应当责骂这位年青人，您应当追问他，乘机阻止他，来救他。现在，噢！但望上帝不要让这不幸的事情变成不可救药的！我们此后很需要您利用您在国王身边的一切资望。”

听了这一段给她解释这事情的最初几句的话语，自觉惭愧和这位这么多情的情郎有这个行为的公爵夫人只怕被人家怀疑有共同犯罪的嫌疑。她愿意给他证明她保守这笔钱款而没有动用过，她就忘记一切的礼仪，没有考虑到这位法律公证人是个男人：她用这样强烈的动作打开了她的毛制覆足被，和横断拉马丁书中的插图的天使一般的走过法律公证人的面前，奋身奔到写字台那边去，而给齐斯纳尔递过这十万厄古之后，又惭愧的重新躺在床上。

“您简直是一个天使，太太，”他说。（她应当是一切的人的天使）！“但是这样没有完，”法律公证人接着说，“我还得依靠您的帮忙，来救救我们哩。”

“救救你们！我一定可以成功，不然的话，我就宁可结束我的生命。我们得好好的爱恋，不要在犯罪之前退缩。人家是为了那一个女人才做了这样的事情呢？可怜的孩子！您去吧，别迟误了时间，亲爱的齐斯纳尔先生。请您相信我就和相信您自己一样。”

“公爵夫人！公爵夫人！”

年老的法律公证人说不出其他的话，因为他太感动了。他哭了，他极想跳舞，但是他又怕要发疯，他就忍住了。

“咱们两个人，咱们可以救救他，”他一边说，一边走了出去。

齐斯纳尔立刻就去探望的约瑟芬，约瑟芬给他打开了放置年青伯爵的纸张的写字台和书桌的抽屉，他在那里非常侥幸的找到了一些古瓦西埃和诸位客礼的信，这些信件可以变成有用的。然后，他就在公共马车里弄到一个坐位，立刻动身走了。他特别赏车夫一些儿钱，让这笨重的慢车能够和邮车走得同样的快，因为他碰到两位和他同样忙迫的旅客，他们都同意在车里吃饭，不停车。整条的道路就好像被车吞下去的样子。离家三天，法律公证人居然又回到他的伯尔盖伊街来了。这时刻虽然是午夜前十一点钟，然而这已经是太晚了。齐斯纳尔看见他的门口有宪兵，当他跨上门限的时候，他看见年青的伯爵已经在庭院里被捕了。如果他有力量的话，他一定会杀死这一切的法医和宪兵，然而他却只能够跳上抱住维克杜尼恩的颈项。

“如果我不能够成功来了这桩事的话，公诉状没有起草之前，您就得先行自杀。”他朝着他的耳朵对他说。

维克杜尼恩大为惊怖，他只知道瞧着法律人公证人，而没有懂得这句话的意义。

“自杀吗?”他重复的说。

“是的！如果您没有这勇气的话，我的孩子，请您依赖我，”齐斯纳尔对他说，紧紧的握着他的手。

虽然这幕景给我产生了多么大的苦痛，他还能够两腿颤抖的伫立着，看着他的心爱的养子，德斯格里昂伯爵，这伟大家族的承继人，在许多宪兵的中间，在城里警察局的派出所所长，承审员和检察官公署的执达吏的中间走着。这老年人只在这一队伍看不见了的时候，只在听不见这些步声，恢复寂寞的时候，才重新得到了他的勇气和智力。

“先生，您要着凉啦。”碧丽琪特喊道。

“请魔鬼带走您罢!”法律公证人愤怒的叫。

伺候齐斯纳尔以来，二十九年中从来没有听见过同样的责骂的碧丽琪特不由得把烛台都掉在地下；但是，没有留心碧丽琪特的惊怖，没有听见女管家的叹息的主人，他就一直望着发尔一诺贝尔河那一边跑。

“他发疯了,”她对自己说,“总之，总有什么道理。但是，他

齐斯纳尔看见他的门口有宪兵。

到那儿去呢？我没有法子跟着去。他要变成什么样子的呢？他是不是去投水呢?”

碧丽琪特唤醒了书记长，叫他到河边去察视。这条河因为一位富有前途的年青的自杀和一位被诱惑的少女的最近的死亡而变成著名的。齐斯纳尔到古瓦西埃公馆里来。除此之外，他没有其他的希望了。伪造票据的罪犯只能够在私人的控告之下才会被追究的。如果古瓦西埃愿意援助的话，这控告还可以把他说成一种误会，齐斯纳尔还希望用金钱来收买这个人。

这一天的夜会，古瓦西埃先生和古瓦西埃夫人家里来了比平日还要多的客人。虽然这桩事情是在法院院长郎塞勒先生，首席检事苏发志先生和因为投票不当而被免职的前任抵押物管理员古德莱先生之间严守秘密，然而郎塞勒夫人和古德莱夫人却把他偷偷的告诉给一两位亲密的朋友。所以，这消息就在贵族和那些到古瓦西埃先生家里来聚会的中产阶级所凑成的会社里传播起来了。大家都感觉到这种事情的严重性，谁也不敢公开的谈论。并且，古瓦西埃夫人和上流贵族的关系是谁也知道的，结果人家好容易才敢碰巧的耳语几句关于德斯格里昂家的不幸，来问明白到底是怎么回事。对这事情感觉兴趣的主要的人物都在等着善良的古瓦西埃夫人退到她的卧室去，到远离丈夫的视线的地方去完成她的宗教的礼节，因而能够互相谈论这事情。

公馆主妇走了的时候，清楚知道这秘密和这伟大的工业家的计划的古瓦西埃派的党羽正好在算账；他们看见客厅里还有几个因为他们的意见和他们的利益而使他们觉得可疑的人物；他们于是又继续赌钱。十一点半左右，剩下的客人只有一些亲密的朋友了：苏发志先生，预审推事卡莫苏先生和他的妻子，郎塞勒先生夫妇他们的儿子发边，古德莱先生夫妇，一位老审判官的长子布郎德·约瑟，一共十个人。

人家就叙述达利兰的故事，说是一天不幸的夜里，清晨三点钟的时分，在吕茵公爵夫人家里赌钱的达利兰忽然中止了赌戏，把他的表放在桌上，问赌徒们说到底刚地王子除了英坚公爵以外是不是还有其他的儿子。吕茵夫人回答说："您为什么问这个您知道得这样清楚的问题呢?"——"这是因为，如果王子没有其他的儿子的话，刚地这一族就算是完了。"

一刻钟的寂寞之后，大家又开始赌钱了。

郎塞勒法院院长是用这样的动作来进行的，这也许是因为他懂得现代历史的事迹，也许是因为这些赋有小聪明的人在政治生活的表达上都有点大智的作风。他瞧了瞧他的表，打断了波斯顿牌戏，说：

"这时候，人家正在逮捕德斯格里昂伯爵，这一家这样骄傲的家庭从此是永远不光荣了。"

"所以，您就对这孩子下了手吗?"古德莱快乐的叫着说。

一切在座的人，除了院长，检事和古德莱之外，都显得惊愕的样子。

"他刚刚在齐斯纳尔家里被捕，他就藏在那里，"检事说着，他的神色就好像是一个可以当警察总长的能干而没有被人赏识的人似的。

这位首席检事苏发志先生是一个年纪二十五岁的青年：清瘦而高大的身材，橄榄形的长脸，漆黑而卷曲的头发，深陷的眼睛就框在一个棕色的大环的下面，这环上又加了一层波形的灰色的眉毛。他有一只鹰嘴鼻，狭小的嘴，为研究而变薄，为野心而变凹的双颊。他是那些等待时机，便着用一切的手段去飞黄腾达，然而却保留在可能的界限之内，合法的礼节之中的次等的人物的一个典型。他那自大的神气非常明显的显示出他的奴隶性的辩才。年青伯爵的隐匿的秘密是齐斯纳尔的承接人告诉他知道的，他也颇以深知这秘密为荣。这消息非常强烈的惊愕了预审推事卡莫苏先生，推事在苏发志的公诉之下，就发出了这样迅速预备好的拘票。卡莫苏是年纪三十岁上下的男子，细小而已经肥胖了的身躯，金栗色的头发，柔软的肌肉，好像是那些关在衙门里，法庭内的法官们所有的一样的青灰色的脸色。他有发黄而明澈的细小的眼睛，满充着看来好像是狡猾的疑惧。

卡莫苏夫人瞧了她的丈夫一眼，好像是对他说："我没有说错罢？"

"所以，事情就要发生了吗？"预审推事说。

"您还有怀疑吗？"古德莱接着说。"一切都已完毕了，因为人家已经抓住了伯爵。"

"我们还有承审员，"卡莫苏先生说，"关于这桩事情，行政长官先生会用他给检察官公署所送去的否认状和被告的否认状来把这事情安排得只剩下一些赞同赦免的人。——我的意见是用和解来解决这问题，"他转过身，对古瓦西埃说。

"和解！"院长说，"然而官司已经打上了。"

"无论是赦免也好，或是受罚也好，德斯格里昂伯爵都是同样的受辱。"检事说。

"我是民事原告人，"古瓦西埃说，"我可以找到一个杜宾[①]。我们以后可以看着德斯格里昂家要怎么样的排脱他的利爪。"

"他们会懂得辩护的，他们会到巴黎去找一个律师。他们会请柏里埃[②]来跟您对抗，"卡莫苏夫人说，"有好猫，就有好老鼠来

① Dupin，法国十九世纪初年的一位著名法学家，曾于第一第二帝政之间各时代当过各政府的法官。

② Berryer，法国十九世纪初年的著名的律师，曾为奈伊（Ney）元帅辩护过。

对抗。”

古瓦西埃，苏发志先生和郎塞勒院长看见预审推事只是蔽在这同一的思想里，这位年青的少妇拿来给阴谋推翻德斯格里昂家的八个人的脸上投射去她的格言的声调和态度使他们都产生了一种感情，他们因此也就假装了起来，因为惯于寺院生活的狡猾的外省人都懂得假装。窈窕的卡莫苏夫人注意到这些脸孔的变化，在人家嗅知法官对于古瓦西埃的阴谋将有可能的反对的时候，这些脸孔就装模作样起来了。看见她的丈夫揭开了思想的底蕴，她就希望来测量这些仇恨的深度，来猜想古瓦西埃是用什么利益来联络首席检事，使他这样迅速的发动了一种这样违反王权的观点的举动。

“无论如何，”她说，“如果这一场官司引来了许多巴黎的著名的律师的话，我们也就可以有许多有意思的重罪审判庭了；但是这官司一定会在初审法院和王家法院之间了结的。我们可以相信政府一定会用一切的力量偷偷的想方法来拯救一位大家族的少爷，何况这年青人还有莫夫利额士夫人做他的朋友哩。所以，我不相信我们能够在郎德尔诺[1]给人家说笑话。”

“如果您到那儿去的话，太太!”院长严厉的说，“您相信要预审这案件，要判决这案件的初审法院会受到法律以外的其他的考虑的影响吗?”

“事情证明相反的情形，”她一边狡猾的说，一边给她投射冷酷的眼色的检事和院长瞧了一眼。

“请您说一说您的理由，太太，”检事说，“您这样的说法，就好像您没有尽您的责任似的。”

---

① Landerneau是一般作家所常提到的地方名，后来就变成代表让人家说俏皮话的地方。

“太太所说的话没有任何的价值。”卡莫苏说。

“但是院长先生所说的话不是对于一桩还得依据庭讯然后才可以判断的问题预先加以偏见的判决吗?”她接着说，“何况这预审还没有举行，而判决也还没有宣布呢!”

“我们并不是在法院里，”检事愤懑的回答说，“并且，我们都清楚知道这些事情。”

“检察官先生还一点儿也不知道哩，”她回答说，嘲弄的瞧了他一眼，“他要立刻从众议院里回到这里来。您已经给他预备好一切了，他一定要亲身传话。”

检事皱着他那草丛一般粗的眉毛，开心这事情的那些人看见在他的额头上印有许多迟缓的疑虑的痕迹。他默然不语，人家只听到分牌和拿牌的声音。卡莫苏先生和卡莫苏夫人看见自己受人这样冷淡的待遇就走了出去，让这些阴谋家自由的谈论。

“卡莫苏，”他的妻子在街里对他说，“你走得太远了。你为什么要让这些人怀疑你没有预闻他们的阴谋呢?他们一定会给你开个大玩笑。”

“他们有什么法子来反对我呢?我是唯一的预审推事。”

“他们不是会暗地里说你的坏话，挑拨人家免除你的职分吗?”

正在这时刻，这一对夫妇碰到了齐斯纳尔。年老的法律公证人认得预审推事。以熟习于办事的人敏悟，他懂得德斯格里昂家的命运就操在这位年青人的掌握之中。

“啊，先生，”好好先生喊道，“我们正在需要您。我只要对您说一句话。——对不起，太太。”他对推事夫人说，架走了她的丈夫。

卡莫苏夫人是个能干的谋反人，她瞧着古瓦西埃的房子那一边，因而能够在有人从那里出来的时候去打断这两个人的密谈；但是她有道理的认为他们的仇敌们正在忙于讨论她给他们的计划所投去的意外。齐斯纳尔把推事带到一个黑暗的角落里，沿着墙根走，而朝近他的耳朵，对他说：

“莫夫利额士公爵夫人的权威，卡迪昂王子的权威，拿发莲公爵，勒农古尔公爵的权威，司法大臣，掌灵官，国王，一切的权威都是属于您的，如果您帮助德斯格里昂家的话，”他说他说，“我从巴黎来，我知道一切，我已经跑去对宫廷解释一切了。我们相信您。我也要给您保守秘密。如果您当了仇人的话，我明天就要再到巴黎去，而在大臣手里交给他一张控告初审法院的不信任的诉状，因为这法院里有许多的官员毫无疑义的今天晚上就在古瓦西埃家里喝酒啦，吃饭啦，这都是违反法律的，何况他们都是他的朋友哩。”

如果齐斯纳尔有权力的话，他一定会请教皇来干涉；他没有等到推事的回答就离开他走了，好像一只小鹿一样的望着古瓦西埃家里奔去。推事夫人逼着丈夫把齐斯纳尔的密语告诉给他，他服从了，而且又受到了女人们就是有错的时候也同样的说出的（不过比较的轻声一点儿）“我没有说错罢，朋友？”的攻击。回到家里的时候，卡莫苏承认了他的妻子的高明，而且承认了他有这么一个妻子的幸福，这种承认无疑的就给夫妇两人预备了一个快乐的夜晚。齐斯纳尔碰到从古瓦西埃家里出来的一群他的仇人，他只怕古瓦西埃已经上床睡觉，他认为这是一种不幸，因为他是陷在一个需要快速行动的环境里。

“开门，依照国王的命令！”他嚷着，对关门的家仆说。

他刚刚在一位富有雄心的年青推事身边说到国王，他还把这句话留在他的嘴唇上，他错乱了，他发昏了。人家开了门。法律公证人好像霹雳一般的闯到接待室里来。

“我的孩子，”他对家仆说，“我给您十万厄古，如果您能够唤醒古瓦西埃先生，给我把他立刻送走的话。你要对他说什么就说什么。”

齐斯纳尔开了古瓦西埃的华丽的客厅，看见古瓦西埃一个人大步的在那里走来走去，他不禁又变成冷静的了。这两个人物就用含有二十年仇恨的深度的眼色互相打量了一会儿。一个是把脚踏在德斯格里昂的家望的心上，一个是用狮子一般的力量向前要把他夺回来。

“先生，”齐斯纳尔说，“我谦虚的向您致敬。您的控诉状已经递进去了吗？”

“已经递进去了，先生。”

“什么时候呢？”

“昨天。”

“除了拘票以外，没有签发任何其他的法令罢？”

“我这么想。”古瓦西埃辩答。

“我来商量。”

“官司已经打上了，重罪公诉就要开庭了，什么东西也没有法子阻止。”

“我们不必管这些事情，我听您的命令，我在您的脚下。”

年老的齐斯纳尔跪了下来，他给古瓦西埃伸出恳求的手。

“您要什么呢？您要我们的财产，我们的别宫吗？您就都拿去罢，请您撤消诉讼，只给我们留下生命和名誉。除了我所给的一切东西之外，我还愿意当您的奴才，您可以驱使我。”

古瓦西埃让老年人跪在地下，自己坐在一张靠椅里。

“您不是喜欢报仇的人，您是好人，您不至于要跟我们报仇，而不接受一个解决的办法，”老年人说，“天亮之前，这年青人一定会恢复自由的。”

“全城的人都知道他被捕，”古瓦西埃说，他在咀啜着他的报仇的滋味。

“这太不幸了，但是，如果没有什么判决，也没有什么证据的话，我们总可以有个商量。”

古瓦西埃默默思考。齐斯纳尔相信他已经被利益钩住了，他希望用这人类行为的最大的动机来擒获他的仇敌。正在这绝好的时刻里，古瓦西埃夫人出现了。

“来，太太，请您帮我忙来感动您的先生。”总是跪在地下的齐斯纳尔说。

古瓦西埃夫人扶起了老年人，同时表示她的深刻的惊愕。齐斯纳尔述了事情的经过。当这位阿郎桑的公爵们的奴才的高贵的女儿知道是什么事情的时候，她就满眼带泪的走向古瓦西埃这边来。

“啊！先生，您还能够犹豫吗？德斯格里昂一家是全省的光荣！”她对他说。

“就是这个问题。”古瓦西埃站了起来，嚷着说，又重新继续他的奋激的散步。

“那末，这到底是什么问题呢？……”齐斯纳尔惊讶的说。

“齐斯纳尔先生，这是法兰西的问题！这是国家的问题，这是民众的问题，这是告诉您的贵族先生们说在这里存在有一个法院，法律，一个中产阶级，一个和他们相等而能够抑制他们的小贵族的问题！人家不能够因为一只野兔而蹂躏十块麦田，人家不能够侮辱平民家庭，去诱惑他们的可怜的小姑娘，人家不能够轻蔑和我们相等的民众，人家不能够给他们开了十年的玩笑。别再让这些事情扩大，别再让这些事情产生许多雪崩，但望这些雪崩倒了下来，粉碎了，压埋了贵族先生们。你们要恢复旧日的秩序，你们要撕破社会的约法，这张写有我们的权利的宪章……”

“然后呢？”齐斯纳尔说。

“给民众解释这些事情，这不是一个神圣的责任吗？”古瓦西埃惊叫着，“当民众看见贵族们和彼得，约克一样的走进重罪审判所的时候，他们就可以睁开眼睛来看你们这一党派的人。人家会说有名誉的下等阶级要比不名誉的上等阶级还值钱。重罪审判所给一切的人照耀。我在这里是民众的护卫，是法律的朋友。您曾经两次亲身把我扔在民众这一边，第一次拒绝我的求婚，第二次把我驱出您的社会之外。您只是收到您自己所种的结果罢了。”

这开场白吓坏了齐斯纳尔和古瓦西埃夫人。妻子可怕的获悉了她的丈夫的性格，这是一道微光，不但给她照耀了过去，同时也给她照耀将来。要使这位巨人投降似乎是不可能的；但是齐斯纳尔并不在不可能之前退缩。

“怎么！先生，您不宽赦人家吗？您难道不是基督徒吗？”古瓦西埃夫人说。

“正如上帝宽赦人一样，太太，我只能够有条件的宽赦。”

“什么条件呀？”齐斯纳尔说，他以为看到了一道希望的光芒。

“选举快要到来了，我要您所有的一切选举票。”

“您可以得到这些选举票。”齐斯纳尔说。

“我要，”古瓦西埃接着说，“我要我和我的太太每天晚上都很亲热的，至少表面上很友谊的受到德斯格里昂侯爵和他的亲戚们的接待。”

“我不知道我们得怎么样的做到这一步，但是您一定会受到人家的接待。”

“我要四十万佛郎的抵押品，写在关于这一桩事情的契约上，让我能够随时朝着您的心上架好一尊大炮。”

“我们同意，”齐斯纳尔说，他还没有承认他手头还有十万厄古，“但是这契约应当是存在第三者手里，等到选举和款项付清之后，交还这一家。”

“不，可是得等到我的外甥女杜梵尔小姐结婚了之后。杜梵尔小姐也许有一天会凑成四百万。这位年青的少女将来要过继给我和我的太太，在契约上说明当我和我的太太的承继人；您得想法子让她嫁给您的年青的伯爵。”

“绝对不！”齐斯纳尔说。

“绝对不吗？”古瓦西埃接着说，他简直被胜利迷醉了，“晚上好。”

“我真是太傻了！”齐斯纳尔对自己说，“为什么我不跟这样一个人撒谎呢？”

古瓦西埃走了。在他享受了齐斯纳尔的谦虚之后，在他权衡了这高贵家庭的命运之后（这家是全省的贵族的代表），在他在德斯格里昂的腑脏里印上他的足迹之后，他很高兴能够用他那被打击的名字来扫荡一切的东西。他登楼走进自己的卧室，留下他的妻子去陪齐斯纳尔。在他的昏醉里，他看不见有什么可以抵抗他的胜利的东西，他确定的相信这十万厄古已经被伯爵花耗了；为着找到这一笔款项起见，德斯格里昂家得停卖或是抵押他的财产，在他眼里，重罪审判是无法避免的。伪造票据的事情总是可以和解的，只要还清取去的数目。这一罪的牺牲者平常总是一些没有忧虑使疏忽的人不名誉的富人。但是古瓦西埃只能够在深知事情的底蕴之后才放弃他的权利。所以，他就躺在床上细想着他的希望的伟大的成功，或是由于重罪的裁判，或是由于这个婚姻，他玩味着倾听齐斯纳尔对古瓦西埃夫人哭诉的声音的快乐。古瓦西埃夫人是宗教心极深的天主教徒，她是保王党，而且是归附于贵族的，她对于德斯格里昂的意见是和齐斯纳尔相同的。所以，她的一切情绪也刚刚残暴的挫折。这位善良的保王党曾经听过自由党的怒吼，依据她的导师的意见，自由党祝愿天主教的消灭。在她看来，左派就是一七九三年的暴动和断头台。

“令舅要说些什么呢，这位听我们说话的圣人？”齐斯纳尔叫着说。

古瓦西埃夫人只用流在两颊上面的粗大的泪珠来回答。

“您已经是一位可怜的孩子的死因，他的母亲的永远悲哀的缘故。”齐斯纳尔看出自己是如何的打得准确，一直打得这颗心坎粉碎来救援维克杜尼恩，他就接着说，“如果阿尔孟德小姐知道家庭受侮辱，她还活不上一星期，您难道愿意杀死她吗？可怜的齐斯纳尔，您从前的法律公证人，他要在人家正式控诉年青伯爵之前把他杀死在监狱里，然后再自杀，免得到重罪审判所去受人审判杀人的罪过，这个齐斯纳尔，您难道愿意杀死他吗？”

“我的朋友，够啦，够啦！我能够用一切的方法来阻止这一类的事体，但是几分钟之前我才整个的认识古瓦西埃先生……我可以对您承认这句话！我没有钱。”

“如果我有的话呢？”齐斯纳尔说。

“我要卖出我的一半的血液使我能够得到一些钱，”她回答说，用一昂头来结束她的思想，这动作表示她有一个成功的欲望。

第一总裁[①]在马兰谷的战役中，一直到晚上五点钟都是打败仗的，然而在六点钟的时候，即因为德西的死斗和客礼曼的可怕的突击而获到胜利。正如第一总裁一样，齐斯纳尔也在一堆墟废中看到成功的成分。他必得是齐斯纳尔，他必得是年老的法律公证人，年老的管家，曾经当过索比埃老伯的小书记的法律公证人。他必得是失望之中的突现的光明，才能够让他变得和拿破仑同样的伟大，甚至于比拿破仑更为伟大：因为这一场恶战并不是马兰谷战役，而是滑铁卢战役，而齐斯纳尔眼看着普鲁士军队的来临还要希望打败他们。

“太太，我曾给您伺候过二十年，您是中产阶级的光荣，正如

① 即拿破仑。

德斯格里昂家是这一省的贵族的光荣一样，您得知道现在只有您一个人能够拯救德斯格里昂的家望了。现在，请您回答：您是不是要让令舅的灵魂，诸位德斯格里昂，可怜的齐斯纳尔受辱呢？您是不是要杀死满面流泪的阿尔孟德小姐呢？您是不是要使您的祖宗阿郎桑的公爵们的管家们的灵魂快乐，要安慰我们的亲爱的教士的灵魂，来赎罪呢？如果教士能够从棺材里出来的话，他一定会请求来做我跪在地下请求您做的事情。”

“什么？”古瓦西埃夫人惊愕的喊道。

“唉！这是十万厄古，”他一边说，一边从口袋里拿出好几捆银行的钞票。“请您接收这笔钱罢。一切也就可以完结了。”

“如果只是这个问题的话，”她接着说，“而且如果这些钱在我丈夫方面不会产生坏结果的话……”

“只会产生好结果，”齐斯纳尔说，“您使他用人世的小失望来免除地狱里的永久的报仇。”

“他不会受到损害罢？”她瞧着齐斯纳尔问。

齐斯纳尔于是就在这个可怜的妇人的灵魂的深处来阅读她的心思。古瓦西埃夫人在两种宗教之中犹豫，在教会所给夫妇规定的律则和她对于国王的宝座，对于祭台所有的责任之间徘徊：她觉得她的丈夫是值得谴责的，然而她却不敢谴责他；她愿望能够拯救诸位德斯格里昂，然而却不愿意做任何的事情来损害她的丈夫的利益。

“绝不会！”齐斯纳尔说，“您的老法律公证人在神圣的福音之前对您发这个誓……”

齐斯纳尔只有把自己的永生的拯救来献给德斯格里昂家，他把他的永生来冒险，因为他撒了个大谎；但是他得欺骗古瓦西埃夫人，不然的话，就完了。他立刻就亲身起草，口授给古瓦西埃夫人，叫她写了一张在不幸的汇票之前五天收到十万厄古的收据，他记得这一天正好是古瓦西埃离家的日子，因为古瓦西埃到他妻子的田产所在地去叫人施行一些改良的工程。

“请您给我发誓，”当古瓦西埃夫人收到十万厄古，他手里拿到这张收据的时候，齐斯纳尔说，“要在预审推事之前宣布这笔款是您在这里所说的那一天收到的。”

“这不是撒谎吗？”

“只是应酬的撒谎。”齐斯纳尔说。

“我得先征求我的导师古杜里埃教士先生的意见，然后才可以做这桩事。”

“好罢，”齐斯纳尔说，“请您在这一桩事情里面只听他的劝告来行动。”

“我答应您这个。”

“没有出庭受预审推事的询问之前，千万别把这一笔款交给古瓦西埃先生。”

“好的，”她说，“咳！但望上帝给我力量，让我到人世的法庭去出庭，能够在那里坚持撒谎。”

吻了古瓦西埃夫人的手之后，齐斯纳尔就非常庄严的站着，好像拉发埃尔在梵蒂冈圣城所画的一个先知似的。

“令舅的灵魂一定会快乐得发起抖来。您已经永远洗刷了您嫁给一位国王和教会的仇敌的罪过。”

这些话剧烈的打击着古瓦西埃夫人的懦怯的灵魂。齐斯纳尔忽然想得倚靠古瓦西埃夫人的导师古杜里埃教士。他知道敬虔的人一旦向前为他们的党派奋斗之后，他们要如何固执的使他们的思想成功，他要用最快的速度来教会参加这斗争，把教会列入自己的阵营；所以，他就到德斯格里昂公馆里来，唤醒了阿尔孟德小姐，告诉她夜里所发生的事情，把她送到教区的路上。叫她把司教本身领到战场上面来。

“我的天哪，你得拯救德斯格里昂家!”齐斯纳尔慢步回到自己家里的时候，这样的嚷着。“现在，这事情已经变成一个法律的争斗了。我们是在那些有情感，有利益的人面前，我们能够从他们手里得到一切。这位古瓦西埃已经利用忠实于我们的检察官的假期，因为自从议院开会以来，检察官已经到巴黎去了。他们到底用什么方法来笼络首席检事，让他没有请示他的长官就立刻依据控诉行动呢？明天早晨，得想法钻进这神秘，研究这道理，也许得到一些线索之后，我还得回到巴黎去，因而能够利用莫夫利额士夫人的手来运动一些权贵的干涉。”

这些是可怜的老斗士的推理，他看得准确，他就在情绪和疲劳的重压之下半死的睡下。不过，在入睡之前，他还给组成法庭的那些法官们投去一道探究的眼色，去包围他们的野心的秘密的思想，因而能够看出在这争斗之中能有多少得胜的机会，他们会受到若何的影响。在悠长的考究他们的良心而概括出一条简略的公式之中，齐斯纳尔也许可以供给一张关于外省的法界的图像。

六　外省的法院

审判官和检事们最初都是被迫在激荡法界野心的外省来开始他们的事业的，他们最初都把眼睛朝着巴黎瞧，他们大家都切望能够在这商量政治大事故，把法界和社会的兴趣相联合的大舞台上显耀。但是这法界人员的天国并不允许太多的选民，而十分之九的法官也都迟早得永远毁灭在外省。所以，一切的法院，一切外省的王家法院，都分成两个阵线分明的派别：那些已经没有多大野心，满意法官们在外省的作用而得到的过分的资望或是昏睡在平静的生活之中的一派，还有那些年青的真正的才士，他们的飞黄腾达的渴望是任何的失败都不能够使其减轻的，不断的刺激他们，这渴望就给他们产生了一种对于他们的职务的过分的信仰。

这时代，保王主义奋激年青人去反对布尔崩王朝的仇敌，最微小的检事也梦想着多写公诉状，用一切的愿望起诉一桩政治的案件，希望能够把他的努力特别的显示出来，能够引起大臣的注意，能够使国王的奴仆上进。在这些检察官公署里头，哪一个人不嫉妒会发现波拿巴特派的阴谋的法院呢？谁不想找到一个卡郎①

① Caron，拿破仑的军官，曾于贝尔福（Belfort）阴谋暴动，拥护拿翁，旋被捕枪决。

一个柏尔顿，一个对王家将领的反抗运动呢？这些热烈的野心又被党派的争斗所刺激，国家的观念和法兰西的君主化的必要所支撑而变成明澈的，有先见之明的，伶俐的；他们奋力和警察合作，侦探居民的行动，把居民推到服从的路上来，使他们不能够再从那里跳了出来。那时候因为君主的信仰而有过度自信的法界就预备了从前的议院所有的错误，和宗教手牵手的走着，也许是过于明显的合作。那时候，他们的努力是超过他们的才干的，他们的错误多半是因为他们的诚恳的见解的结果，而不是他们的权谋的失策，这些见解好像是对他们想要避免革命的国家的一般的利益相反的。但是，整个的说，法界还包含有过多的中产阶级的成分，他们还太接近于自由党的卑劣的嗜欲，他们总得在争斗的一天迟早变成宪政派，站在中产阶级的一边。在这庞大的团体里，正如在行政界一样，那里也有虚伪，或者说得更对一点，也有一种摹效的精神，总是把法兰西带到仿效宫廷的地步，而非常天真无罪的欺骗了法兰西。

这两种法界的姿势都存在于就要决定年青德斯格里昂的命运的法院里。郎塞勒院长先生，一位名叫布郎德的老承审员在那里代表了那些退缩而只愿意维持现状，永远毁灭在他们的城市里的法官。年青而富有野心的一派包含有预审推事卞莫苏先生和在“五天鹅”的保护之下而任命为候补承审员的米趣先生。米趣先生只要有第一个机会就应当可以进入巴黎的王家法院。

因为法界规定的不可罢免权而没有被免职的危险，看到自己的地位的微贱而没有受到贵族的欢迎，郎塞勒院长就决定站在中产阶级的阵营里，认为自己的失意是独立精神的表发，他没有知道就是他的意见责罚他，使他一辈子当院长。一旦走进了这一条路之后，他就被一切事物的自然的趋势所引导，而把自己的飞黄腾达的希望寄托在古瓦西埃和左派的胜利之上了。他不但不逢迎王家法院，同时也不使区行政长官公署喜悦。因为不得已而和政府保持慎重的态度，他又受到自由党人的狐疑。所以在任何一党之中都没有他的地位。被迫而把候选人的资格让给古瓦西埃，他又看出自己是毫无影响，自己只是次要的角色。地位的空虚就反应在他的性格之上，他是尖酸而不满的，因为政治地位的游移的不定而觉得疲倦，他就暗地里决定要当自由党的头脑，因而来统治古瓦西埃。他在德斯格里昂伯爵的案件中所有的行为就是他走进这事业的第一个步武。他已经非常合适的代表中产阶级。这个中产阶级常常用他们的微小的嗜欲来抹杀国家的大利；他们在政治方面是暴怒性的，今天赞同政府，明天就反对他；他们给一切的事物招祸，而没有救治任何的东西；他们因为他们所做的罪恶而失望，然而又继续来产生罪恶；他们不愿意承认自己的小器量，他们扰搅政府，而又说是政府的奴仆，又是谦卑，又是傲慢；他们要求民众服从他们，然而他们自己却不服从王权；他们忧愁他们所想放在他们的平等的地位之上的那些超过他们的卓越性，好像伟大的性质可以变成渺小，好像政权可以不必有力量而能够存在似的。

这位院长是个高大、干枯而清瘦的男子，他的额头是高阔的，他的头发是细长而褐色的，他的眼睛是杂色的，他的脸孔是发疹的，他的嘴唇是狭缩的。他那哑塞的声音使人家听来好像是气喘症的喉部的喘息似的。他有一位粗大而不整齐的妻子，然而这位妻子却穿着最为可笑的异装怪服，却狠命的涂脂抹粉。院长夫人装着王后的气派，她穿着颜色新鲜的衣服，她绝不会没有在头上饰着英吉利女郎所贵重而在外省用爱情来启发的头帕之前去参加跳舞会的。他们两个人都富有四五千佛郎的租金，再加上院长的薪俸，他们也就凑成了一万两千佛郎的收入了。虽然他们都有吝啬的倾向，他们每星期却请一次客，因而去满足他们的虚荣心。

在古瓦西埃介绍近代的奢华的城市里，郎塞勒先生和郎塞勒夫人却忠实于这座城市的古风，自从结婚以来，他们从没有在他们所居住而属于夫人的产业的老房子里加过任何的变动。这所房子有一个正面楼朝向着院里，又有一个正面楼朝向着小花园，它在街里正好代表着一个老旧的三角形的略带灰色的屋瓴的尖端，每一层都开有一个窗户。庭院和花园都有一道高墙围绕着，沿着这道墙，在花园那一边就伸展着一条栗子树的小径，而在庭院那一边，则有庖厨。在沿着花园的那一条街道方面，有一道生锈的老铁栅，在庭院方面，在两扇嵌有雕板的大墙的中间就有一只可以通车的大门，是以一只庞大的介壳来装饰门楣的。这个介壳又重新发现在正面楼的门上。那里，一切却是阴黑的，闭塞的，没有空气的。中间的界墙开有一些装置铁栅的空洞，就好像监狱的窗户似的。花木似乎不大快乐的长在这小花园的小畦内，这里过路的客人可以从铁栅上看到里面所发生的事情。在地面层上，走过了一只在花园那一边透有光线的大接待室之后，人家就可以进入客厅，客厅的窗户是朝街的。饭厅和客厅有同样大的面积，是在接待室的那一头。这三间房子就在这悲哀的全体下互相调和着。一切的天花板都横贯有油漆而于中央饰有雕刻玫瑰花的瘠瘦的菱形饰的桁椽。这些天花板可以刺破眼睛。色调琐碎的图画都已经老旧而熏黑了。饰有被太阳光晒得褪色的红绸帘的客厅排设有许多漆成白色而套有老旧的褪色保微绣的木制的家具。壁炉台上，在特大号的多枝烛台的中央，看见有一只路易十五时代的挂钟。这多枝烛台上面的发黄的白洋蜡只在院长夫人把一盏饰有水晶梨状宝石的老挂灯的绿色的套子取开的日子里才点起火来。三张铺有破旧绿色毡的赌桌和一副骰子戏的赌具就够得同伴们的享乐。郎塞勒夫人给她的社会拿出一些苹果酒，一些鸡蛋糕，一些栗子，几杯甜水和她家里所制的麦糖汁来飨客。好多时候以来，她都已经每星期举行一次铺张有一些相当悲惨的点心的茶会。每一季，郎塞勒夫妇都请客人来吃一顿有三种菜件的晚饭，在城里大吹大擂，虽然是用讨厌的盘子来盛菜，然而却是外省所特有的烹饪术烹调出来的。这一顿饕餮一般的饭食就举行了六个钟头之久。院长于是就用吝啬人的阔绰来和古瓦西埃的豪华相竞争。所以，在院长家里，生活和生活的附属品都和他的性格跟他的奇怪的地位相配合，他在家里纳闷不痛快，而不知道到底为的是什么，然而他却不敢花钱来改变事物的状态，他太高兴能够每年拿七八千佛郎搁在一边，给他的儿子发边预备丰富的成家立业，然而发边却不愿意当法官，也不愿意当律师，儿子的怠惰颇使他失望。院长刚刚好和他的副院长布郎德先生竞争。布郎德是个老承审员，好久以来，他已经想把他的儿子和布兰杜罗家结亲。这个富裕的布商有一个独生的女儿，院长希望这位女儿能够嫁给他的发边。因为布郎德·约瑟的婚事是倚靠他之任命为候补承审员（老布郎德希望能够用自己的辞职去换得儿子的任命），郎塞勒院长就偷偷的来破坏承审员，而秘密的对布兰杜罗下工夫。所以，如果没有德斯格里昂伯爵的案件的话，也许布郎德父子已经被奸刁的院长所替代了，院长的财产远在他的竞争者之上。

布郎德先生是这位诡诈的院长的手腕的牺牲品，他是埋没在外省的一个奇异的人物，正如坦没在墓窟里的老勋章一般。那时候他有差不多六十七岁的年纪；他老当益壮，是个身躯魁梧的人，他的外貌可以使人想起太平时节的僧会会员。他那点缀有成千的麻斑的脸孔使他的鼻子改变形状，成为螺钻形，然而这脸孔却并不缺乏姿态；这脸孔是由平匀的红色来当涂染的，是由两只活泼而惯于冷笑的眼睛和紫色的嘴唇所生的讽刺的动作给他生色的。革命之前当律师，他后来就被人任命为公共诉讼人；然而他总算是这些可怕的官员之中的最温和的一个。人家呼唤他做布郎德好好先生。布郎德好好先生柔和了革命的举动，他允许一切而不履行任何的诺言。被迫去把一些贵族关在监狱里，他却把他们的案件尽量的延搁着，一直等到共和历十一月九日[①]为止，那时候他就写了一通请愿书，使他获到了一般的敬重。无疑的，布郎德好好先生应当得任命为法院院长；但是在重新改组法院的时候，他却被拿破仑给涮了，因为拿破仑对于共和党的疏远又出现在他的政府的任何细微的地方。写在名单行外的前任公共讼诉人布郎德的名字就让皇帝问起冈巴塞勒斯[②]在国家之内是不是有一两个老议员家庭的子孙可以拿来代替他的地位。郎塞勒的父亲曾经当过议院的顾问，所以，他就被派来代替他了。不论皇帝如何的讨厌他，然而在法治的精神之下，高等法院长官仍然维持布郎德承审员，说是这位老律师是法兰西最有学问的法学家之中的一个。承审员的才能，他对于旧法新章的认识应当可以使他飞黄腾达；然而正如其他的大才一样，他大胆的轻蔑法界的朋友，而专心研究一种职务以外的学科，为这学科而花费他的心机，他的时间和精力。好好先生酷嗜园艺，他和最著名的爱好家都有联络，他特别对于植物的发明发生兴趣，总之，他是生活在群花之中。正如一切培植花草的人一样，他在一切花草之中也有一种偏爱的花木，他的爱花就是凤吕草。法庭和案件，他的实际的生活，在这老年人所消磨的满充情爱的幻想的生活旁边简直就等于零，这老年人就渐渐的溺爱这些洁白无瑕的土耳其皇后了。对于花园所加的爱护，柔和种植园艺的习惯就把布郎德好好先生钉在他的暖室里。如果没有这个嗜好的话，他应当在帝政时代就被命为议员了，他一定

---

① 即一七九一年七月二十七日法国暴政制划除之日。

② Cambaceres，革命时代起草民法的一个法学家，于总裁时代曾经当过第二总裁，于帝政时代曾经当过高等法院长官。

已经在立法界里出过风头了。他的婚姻又是一种使他身世微贱的原因。四十岁的时候，他却发疯的娶了一位十八岁的少女，婚后一年之中就给他生了一个名叫约瑟的儿子。三年之后，那时候城里最美丽的女郎布朗德夫人又给区行政长官感应了一种只有以她的死来结束的感情。全城的人，甚至于布朗德本身都知道她由长官方面获到了第二个儿子，名叫爱弥儿。布朗德夫人应当能够激励她的丈夫的野心，应当能够使他放弃他的花草，然而她却促进了承审员对于植物学所感觉的兴味，而且不愿意离开这城市，正如行政长官不愿意改换他的情妇所生活的区行政长官公署一般。没有能够在他的年龄跟一位年青的少妇争斗，这位法官只好到暖室里去自寻安慰，而雇了一位非常伶俐的女仆来照应这不断变换的花宫了。正当承审员移种，转植，灌溉，埋根，接木，配合，修饰这些花草的时候，布朗德夫人就花费她的财产去购买服装和时式，因而能够在区行政长官分署的客厅里显耀；她的唯一的兴趣就是爱弥儿的教养，因为这孩子无疑的是她的爱情的产物，只有这个兴趣可以把她从全城的人终于不得不崇拜她的这个美丽的爱好中驱逐出来。这爱情的结晶品之聪明伶俐是和约瑟之丑笨同等程度的。因为盲目的父爱，老承审员之疼爱约瑟也正好和他的妻子之溺爱爱弥儿有同等的程度。十一个年头之中，布朗德先生可以说是完全的谦让，他闭上眼睛来看他妻子的爱情，而保守着高贵而庄严的态度，好像是十八世纪的大贵族的风度；但是，正如一切爱好平静生活的人一样，他对他的次子也怀有一个深刻的仇恨。一八一八年他的妻子去世的时候，他就驱逐这假子，把他送到巴黎去学习法学，除了一千两百佛郎的膳宿费之外没有给他任何其他的援助，任何失望的叫唤也不能够让他在这数目上再加上一文钱。要是没有他的真父的保护的话，布朗德·爱弥儿一定是毁灭了。承审员的房子是全城最精致的房子之中的一所。这房子几乎是座落在区行政长官公署的对面，朝向大街那一边有一个小小的洁净的庭院，和街道的高处只由一只建在两个砖砌的方形柱之间的铁栅来隔开的。在这每一个方形柱和邻近的房子之间就有其他的两只铁栅，安插在同样用砖砌成而有支柱一般高的小墙之上。这个宽有六突瓦斯①长约二十突瓦斯的庭院是由铁栅通至房门的铺砖路把他分成两个花丛的，这两块小心换新的花丛每季都给羡慕的群众贡献出他们的茂盛的花束。在这两块花丛的底下，在两所毗邻的房子的堵墙上就散出了一件攀爬植物所组成的壮丽的大衣。方形柱是由忍冬花给他包裹住的，上面饰有两只陶制的盆子，那里，服了水土的仙人掌就给无知的人的惊异的眼睛献出他们那些好像植物的病态的结果的奇形怪状的倒竖的刺状叶。房子是砖盖成的，窗户是由同样用砖砌成的弓形的边盖来装饰的。这房子的正面楼是很素朴的，由于新鲜的绿色的百叶窗使其更有生气。镶有花玻璃的房门可以让人从一条那一端也是一个玻璃门的长廊中看到一个约有两亩面积的花园的主要的花径。这围墙之内的花丛常常可以由客厅和饭厅的十字窗中互相的瞧视，这些十字窗之给他们交通消息就好像长廊的十字窗给他们交通消息似的。在街道那一边，两世纪以来，砖头已经变成红锈的颜色，并且砖上略带绿色的苔草也和花丛跟灌木的新鲜的色调相配合。穿行这座城市的人绝不能够不喜欢这所这样温雅的一直框饰到，加花到，铺苔草到饰有两只陶鸽的屋顶上面去的房子。

除了这所一个世纪以来没有什么变化的房子以外，承审员还有差不多四千佛郎的地租。他的报复，相当合法的报复就要把这所房子，这些地产和他的官职传授给他的儿子约瑟，而全城里的人也都知道他的意向。他已经写好一张袒护这个儿子的遗嘱，他

① Toise，古法国度名，1突瓦斯约合1.949米。

尽量利用民法允许一个父亲多给一个儿子少给另外一个儿子的规定来使这位儿子得到好处。此外，好好先生还在十五年来积蓄了一些款项，给这位傻孩子留下必要的数目，让他来清还他不得不给爱弥儿预备的一份。被人驱出家门的布郎德·爱弥儿，他却懂得在巴黎争取一个出色的地位，不过这多半是在精神方面，而不是在实际的财富方面罢了。他的怠惰，他的随便，他的不用心，这一切的一切都使他的真父失望。他的真父在复辟的一个内阁的发动之下丢了官职，几乎整个毁灭的死去，非常疑虑一位天生赋有光耀的才气的孩子的前途。布郎德·爱弥儿是由一位嫁给孟高尔尼伯爵的特瓦维尔家的小姐的友谊来支持的，他在她出嫁之前就认识她。他的母亲在特瓦维尔家流放回来的时候还活着。布郎德夫人和这一家是远亲，但是这关系却够得把爱弥儿介绍到那里去。可怜的女人预先看到她的儿子的前途，她看他要变成孤儿，这思想使她的死加倍的惨痛；所以她就给他寻找许多的保护人。她知道想方法把爱弥儿和特瓦维尔家的长女成亲，她不断的恳求她，然而特瓦维尔小姐却不能够嫁给他。这种结合就好像是保罗和维尔志尼的结合似的。布郎德夫人想方法使这相互的情爱能够延长时日，给她的儿子指示在特瓦维尔家里找到靠山，因为这种情爱就好像小孩子们的请宴游戏一般会和平常的嬉戏一样的成为过去。当垂死的布郎德夫人知道特瓦维尔小姐嫁给孟高尔尼将军的时候，她就正式的恳求她永远不要抛弃爱弥儿，叫她照拂他进巴黎的社会，因为将军的幸运可以在那里使他光耀。侥幸得很，爱弥儿会自己保护自己。二十岁的年华，他就开始在文学界里当一个主人。他在社会方面的成功也是不小的，他的父亲本来可以供给他年青人的浪费，然而却把他扔在这社会里。这早熟的成名，爱弥儿的美丽的举止，也许就把他和伯爵夫人的友谊更加紧密的联结着。也许身中带有俄国血统的孟高尔尼夫人（她的母亲是史尔贝洛夫公主的女儿）可以否认她和这位穷孩子的友谊而用整个的精神来反抗巴黎生活和文学生活的障碍；但是，当爱弥儿的冒险生活的混乱来了的时候，他们的联结却是彼此都不能改变的。这时候，被年青的德斯格里昂在巴黎的第一次的宵夜里碰面的布郎德已经成为了新闻界的一把火炬。人家认识他在政界里有个优越的地位，而他也能够统制他的名声。布郎德好好先生一点儿也不知道立宪政府所给新闻纸产生的力量，谁也没有想方法跟他谈论他所不愿意谈论的一个儿子；所以他既不知道这位被他咒诅的孩子的情形，也不知道他的权力。

这位承审员的廉正是和她的好花癖一样的：他只知道法律和植物学。他接见控诉人，听他们说话，给他们指示他的花草；他从他们手里收到许多宝贵的种子；但是，在他的法官座位上，他却变成世界上最为公正无私的承审员。他的办案手续是太知名的，控诉人甚至于只敢来给他交上可以使他的宗教光耀的状纸；谁也不敢来欺骗他。他的学识，他的明见和他对于他的真才的确信使他变成为郎塞勒所不可缺少的人物，甚至于就是没有他的婚姻的问题的话，院长也还得用一切的可能的方法来秘密的逆忤老承审员所提出的有利于他的儿子的要求，因为如果学识丰富的老年人离开了法院的话，院长就连一个单独的判词也写不出来。布郎德好好先生不知道只在几个点头之内他的儿子爱弥儿就能够完成他的欲求。他用一种堪得称为布鲁达尔克书中的英雄的素朴的态度来生活。晚上，他评阅案卷；早晨，他照应花草；白天里，他就审判案件。脸上熟皱得和复活节的苹果一般的伶俐的女仆负责管理房子，依据最为严格的吝啬的习惯来排布房屋。卡多小姐身上都带着衣橱和果物贮藏所的钥匙；她是不知倦怠的；她亲身上市场，打扫各寓所，做饭，而每天早晨也都没有忘记念弥撒。为着让人家对于这个家庭的内在生活得到一个印象起见，我们只要说父子两个人都依据卡多小姐所给他们送来的饭后点心的习惯只吃一些腐烂的果子，他们没有尝过鲜面包的滋味，他们都依照教会的规程吃素就够了。园丁的粮食就和一个兵士一般的配给，总是由这位年老的发丽德给他执行的。发丽德颇受人家的恭敬，因为她跟她的主人们一块儿吃饭。所以，她就在吃饭的时刻不断的奔跑于饭厅和厨房之间。关于布朗德·约瑟和布兰杜罗小姐的婚事，这位女承继人的父母认为必得以这位可怜的没有出息的律师任命为候补承审员为条件。父亲希望儿子能够执行他的职务，他就拼命的给儿子的脑袋打进许多的课程，使他变成一个熟练的法官。布朗德几乎每天晚上都在他的意中人家里鬼混；自从他自巴黎回来以后，郎塞勒·发边也得到允许到这家里来，而布朗德父子两个人也没有对他有任何的疑惧。统制这个拿配得称为宝将军的量金人的准确来衡量生活的经济原则并不允许多放一颗盐，不许忘记任何的利益，然而这些原则却在暖室和花草的种植的要求之前放弃了。卡多小姐并不认识他对于约瑟的盲目的偏爱是疯狂，然而她却说这花园是先生的一个疯狂；对于这个孩子，她也分担了父亲的偏爱；她爱惜他，给他缝补袜子，愿望把园艺所花费的金钱都拿来给他用。这花园是由一个独一的园丁加以精巧照理的，花园里有几道由于河里的积沙所铺堆的花径，不断的刈除野草，花径的旁边都飘荡着满充有最为珍奇的花朵的畦坛。那里有一切的香气，一切的颜色，无数迎对阳光的小罐，墙上的壁虎，小锄，编号的小锹。总之，那里有精巧的实用的器具和可以报答这动人的嗜好的一切的温雅的产物。在暖室的尽头，承审员曾筑有一个广阔的花台，台上的每一层级都放有五六千盆凤吕草，这是百花怒放的时节城里人和邻省的一些人都要前来观赏的一个壮丽的闻名的盛会。路过这座城市的时候，玛利—路易丝皇后曾经参观而叹赏过这个奇异的暖室，她这样的受到这景象的感动，甚至于都对拿破仑谈到这暖室，而皇帝也就给老承审员颁下一面十字勋章。因为学识丰富的园艺家除了布兰杜罗家以外没有到任何其他的会社去，他并不知道院长所秘密进行的步骤。那些深知郎塞勒的意向的人对他未免太为恐惧，他们也不敢警告对他们无害的布郎德父子。

至于米趣呢，这位有大靠山的年青人，他更忙于取悦五天鹅家庭的介绍而得以进内的上流社会的妇女，而不留意外省的法院所有的非常简单的事体。他富有差不多一万两千佛郎的年金，所以许多的母亲都逢迎他，而他也就过着一种享乐的生活。他是因为清偿责任而来办理法院的事情的，正如学生在学堂里是因为清偿功课而读书一样。他对一切都人云亦云的说："是的，亲爱的院长。"但是，在这表面上的疏忽之下，他却藏有一位在巴黎研究过法学而已经当过出色的检事的人所有的高卓的聪明。他习惯于广泛的办理一切的案件，他能够很快的办理老布郎德和院长需要长时间办理的事情，他常常给他们归结那些难于解决的问题。在那些微妙的揣度之中，院长和副院长都要请教他们的候补承审员，他们告诉他一些判决之前的困难的密议，而总是惊异的看着他给他们立刻带来一个老布郎德所不能够再找到的功业。在最喜欢寻衅的贵族的保护之下，年青而富有的候补承审员的生活并没有外省的阴险的小器量的气度。他是一切对垒的党派所不可缺少的，他就和年青的女郎们乱调乱跳，逢迎一切的母亲，参加跳舞会，跟一位财政界的人物赌钱。总之，他能够非常成功的做到一个时髦的法官而没有损害他的尊严，因为他是一个聪明人，他懂得乘机使尊严渗进他的行为中。他用诚恳的态度不断的取悦人家，他用这态度来适应外省的风俗而不去批评他。所以，他能够努力使流放的时期变成可以忍受的。

检察官是一个赋有最高才能而投身最高政治活动的法官，他可以控制院长。如果不是因为他离职的话，维克杜尼恩的案件也不至于发生。院长和古瓦西埃都利用他到众议院去出席的机会（他是众议院的一个著名的内阁派演说家）来排布他们的阴谋，希望用一点儿巧妙，一旦打成了官司，这桩事情传播了出去，就没有补救的余地了。事实上，在这时代的任何法院里，检察官公署绝不会在没有经过深长的研究，或是经过高等检察官的参考而受理一件控告王国之中的一个最为高贵的家庭的长子的伪造罪的诉状。在这种情形之下，法院的官员往往是和政府合作，想方法用成千的和解来阻止一个可以把不留心的年青人送去受罚摇船的控诉。他们甚至于也会用同样的方法来对待一个有声望的自由党的家庭，除了这家庭太公开的仇视宫廷和教会以外。所以，受理古瓦西埃的诉状，逮捕年青的公爵都不是容易发生的事情。这是院长和古瓦西埃如何能够利用这机会来达到他们的目的的情形。

苏发志先生是一位年青的保王党的律师，他是因为他对内阁派的服役而升为首席检事的法官阶级的。当他的长官离职的时候，他就统治了这个检察官公署。只有他有权力提起公诉，受理古瓦西埃的诉状。一文莫名，没有任何财产的苏发志，他是靠自己的职务来生活的。所以，政府可以整个的相信这位等待政府赐予一切的官员。院长就想利用这情景来开发。自从这张伪造的票据落在古瓦西埃手里的时候起，当天晚上，郎塞勒院长夫人就在丈夫的唆使之下，跟苏发志开一个长时期的谈判。然而她却看出所谓站着的法官①是如何的靠不住：对于内阁派的偏爱，只这一个错误就够得断送一个男子的前途。

“您得明白一点，政府有错的时候，您应当下些结论来反对

① “站着的法官”即检察官检事之类的法官，与当审判官的“坐着的法官”正为相对。

他，您已经失败了。您能够，”她对他说，“您能够利用您这时候的地位来结一个可以永远使您不再接近厄运的好亲事，这亲事可以给您送钱来，让您能够利用这笔钱弄到一个坐着的法官的地位。机会是太好啦。古瓦西埃先生绝不会生孩子，大家都知道这是什么原因；他的财产和他的妻子的财产都要跑到他的外甥女杜梵尔小姐手里。杜梵尔先生是个锻铁厂的厂主，他的钱包已经就很满，何况他的父亲还活着，还有一些产业哩。他们父子两个人就有一百万，再加上现在和巴黎的银行界跟工业界有联络的古瓦西埃的帮忙，他们就可以有两倍的财富了。杜梵尔先生和年青的杜梵尔夫人考虑到古瓦西埃所要留下的两份财产，一定会把他们的女儿嫁给她的舅舅古瓦西埃所要给她介绍的男人；无疑的，古瓦西埃一定会在婚约上写明要把他的妻子的财产也送给杜梵尔小姐，因为古瓦西埃夫人没有承继人。您知道古瓦西埃对于德斯格里昂家的仇恨，请您帮他忙，请您站在他那一边，请您受理一会儿就要递给您的控告德斯格里昂少爷伪造票据的诉状，请您立刻追究伯爵，不必请示检察官。然后，请您祈求上帝，希望因为您的大公无私，居然反抗政府，而由司法部来免除您的职务，您的幸运也就算是到手了！您可以有一位美丽动人而有三万佛郎年金的嫁资的媳妇儿，还没有计算十年后的四百万佛郎的遗产。”

两个夜晚的光景，首席检事已经让人收买去了。院长和苏发志先生严守秘密，没有告诉老承审员，候补承审员和次席检事这桩事情。院长确信布朗德在事情面前一定是大公无私的，然而他却得到过半数，没有计算卡莫苏。但是一切都因为预审推事的意外的反对而不能够实现。院长要在检察官知道这事情之前得到提起公诉的决定。卡莫苏或次席检事要不要预先通知检察官呢？

七　预审推事

现在，在解释卡莫苏预审推事的家庭生活之中，人们也许可以看出齐斯纳尔所以认为这年青的法官是属于德斯格里昂的一派，所以大胆在街中去贿通他的理由。卡莫苏是布尔顿尼街一位著名的绸缎商人的第一个妻子的儿子，他是他的父亲的野心的对象，父亲要他当一位法官。

他的婚姻给他带来一个王室门监的保护，这保护虽是无声的，然而却有力量，先使他任命为陪审员，后来又使他任命为预审推事。结婚的时候，他的父亲只给他六千佛郎的年金，就是他的已故的母亲的财产，不过是除去了他当丈夫的一切应有的利益罢了。笛里昂小姐并没有给他带来比两万佛郎更多的嫁资。这一对夫妇知道一个隐蔽的穷困的不幸，因为一个外省的审判官的薪俸并没有超过一千五百佛郎；不过，预审推事们却有一笔差不多一千佛郎的额外工作的费用。虽然没有什么好处，这些地位却相当的令人羡慕，而他们也是可以废除的；所以，卡莫苏夫人就责备她的丈夫不该把自己的思想揭露给院长。

婚后三年，笛里昂・玛利—西细儿—阿美利觉得自己是上帝所祝福的，因为她接连有规则的生了两个孩子，一位女儿和一位男孩；但她却恳求上帝不要再祝福她。再有什么祝福的话，她的穷困就要变成悲惨的了。老卡莫苏的财产应当是早就让人家等待着。何况这富裕的承继也只能够给商人的孩子一万或是八千佛郎的年金哩。因为老卡莫苏有四个孩子，是两个妻子所生的。而且，当一切结遗产婚的人所称谓的希望实现的时候，推事是不是也有儿女要成家立业呢？所以，每一个人都可以懂得一位像卡莫苏夫人这样有主意，有决心的少妇的情景；她太敏悟感觉到她的丈夫因为要避免插足在一个官司里而于事业中走了一个错步的重要性。

阿美利是路易十八的旧日家仆的独生女，她的父亲，这国王的家仆，曾经跟随路易十八到意大利，古尔兰，英吉利各地方去，国王用他所能够胜任的一个地位来补偿他，叫他当王室的门监。阿美利好像把宫廷的反光迎接在家里似的。笛里昂给她描写尊严的贵族，各部大臣，他所报名引见而看他们来来往往的人物。生长在杜伊勒利御花园的门房里，这位少妇就染上了在那里实行的规章的色调，而采取了绝对服从王权的法则。所以，她就聪明的看出：站在德斯格里昂这一边，她的丈夫就可以取得莫夫利额士公爵夫人的欢心，逢迎这两个极有势力的家庭，说不定还有一天她的父亲可以在国王的身边倚靠这两个家庭哩。

只要第一个机会的来临，卡莫苏就可以被命为巴黎范围之内的推事，然后甚至于就在巴黎当推事。这个随时梦想，随时希冀的高升应当可以支持六千佛郎的薪俸，在她家里或是在卡莫苏家里居住的甜蜜的一切两份家产的利益。如果俗语所谓的眼睛看不见心也想不到在大多数女人方面是真切的话，他在家庭的恩情，内阁或王室的保护方面也就格外的真切了。任何的时候，私人伺候国王的奴仆都有极好的事业；当人家天天看见一个人的时候，尽管这个人只是侍仆，人家总是对他感觉兴趣的。

卡莫苏夫人自己认为只是过客，她就在天鹅街中租了一所小房子。这城市并不是那样的繁盛，能够使带家具出租的房子在那里建造起来。这一家庭而且并没有那样的富裕，可以让他们住旅馆，学米趣先生的办法。这位巴黎女郎就不得不接受当地的土造的家具。收入的薄弱逼着她去承租这所这样丑陋然而却没有缺乏某种细节上的素朴美的房子。因为邻屋的支持而能够把正面楼朝向在庭院那一边，这所房子的每一层楼上都只有一扇朝街的窗户。庭院园有两道饰有蔷薇树和鼠李的大墙，庭院的底端，房子的对面，有一个盖在两道砖砌穹窿的上面的厂棚。一扇小门就是这所阴暗的房子的进口。这房子又因为一棵栽在庭院中央的胡桃树而更显得漆黑无光。人家是由一只两边都有细加制作而被红锈腐蚀的铁栏杆的石阶走上地面层的，在这地面层上，朝街的一边是一间饭厅，另外的一边是一间厨房。隔开这两间房子的走廊的深处就有一只木质的扶梯。第二层楼只有两间房子，一间是法官的办公室，一间是卧室。第三层楼就是屋顶楼，也有两间房子，一间是女厨所用的，一间是带领孩子住在一起的阿妈所用的。任何一间房子都没有天花板，一切的房子都有石灰涮白的木椽，每两条木椽的中间都是由毛纸之类的杂物给补上一层白色顶。第二层楼的两间房子都有一些画有轮廓的装花板，是前一世纪的细木匠耐心给他画上的。这些漆成脏灰色的装壁板看来是最悲惨的。推事的办公室是外省的律师所有的办公室的作派：一张大办公桌和一张桃木的靠椅，法学院学生的藏书和他自巴黎带回的卑劣的行头。夫人的卧室是地道的：这里有蓝色和白色的装饰品，一张地毡，一副似乎是时髦而又只是巴黎所不采取的简简单单的奇形怪状的家具。至于地面楼的小厅呢，这是地道的外省的小厅，空无所有，冷冷冰冰，铺有潮湿而烫过的花纸。

就是在这所只能够看见一棵胡桃树，一些满布黑叶的围墙，一条寂无行人的街道的房子里，一位惯于欢乐的生活，惯于巴黎的动作的相当活泼轻佻的女郎大半的时候都孤独的过着她的时日，或是接见使她宁可选择寂寞而不要空虚的吵闹的烦扰笨拙的客人；在这里，她那放任的精神的最微小的动作也可以引出了无法结束的注解而毒害她的地位。她忙于照应她的儿女，这多半是因为要使她的孤寂的生活产生兴趣，而不是因为性之所好。她只能够运用她的脑筋来思想围绕她身边的阴谋，外省人的手段，闭塞在这些狭小的范围之中的他们的野心。所以，她就忽然的想到了她的丈夫没有想象的神秘的事情里面去。她的阿妈就在她的厂棚里洗衣服，这满充着木块的厂棚并不是她手里拿着间断的刺绣活，坐在卧室窗口时可以打击她的视线的东西：她看着巴黎，因为那里的一切都是欢乐，那里的一切都是充满生命的，她梦幻到巴黎的节庆，痛哭着自己居然被禁在这冰冷的外省的监狱里。她很懊丧自己是在这平静的国度里，因为这里永远也不会发生什么谋反或是什么大事变。她看见自己长时期的在这胡桃树的阴影之下。

卡莫苏夫人是一位肥胖，新鲜而短小的金栗发的女郎，她有一只弯突的额头，一只含蓄的嘴，一只隆起的颔部，这些都是可以使青春尚能让人忍受，然而却使她早期就有衰老的神气的线纹。她的眼睛是活泼的，然而却太过分的显露出她那希望飞黄腾达的天真的欲望和她的眼前的低微的地位使她产生的妒忌，这一对眸子就好像是两盏灯笼一样的在公共的背景上发亮，而用迟早会被成功所消灭的情绪的力量来使她更加高贵。她就利用许多工业来制造她的服装，她发明了许多装饰品，她亲手给这些装饰品刺绣；她跟那位和她一同来自巴黎的阿妈共同研究她的装饰，她也就这样的维持住她在外省所享的巴黎女郎的名声。她那信口开河的讽刺使人家对她颇有畏惧之心，所以她并不是人家所喜欢的。用了那些空闲无事，被迫花费时日的女人们所特有的精细而详察的精神，她终于发现了院长的秘密的意向；所以，一些时候以来，她就劝她的丈夫对他宣战。年青的伯爵的案件正好是一个难得的机会。到古瓦西埃家里来过夜会之前，她就毫无疑难的给她的丈夫指示说在这一桩事情里，首席检事要违反他的长官的意向。在祖护比古瓦西埃的一党更为有力的德斯格里昂家之中，卡莫苏的作用难道不是要给这个刑事官司当一块踏板吗？

“苏发志绝娶不了杜梵尔小姐，虽然人家给他指示这个希望，他一定会当发尔—诺贝尔溪谷的马基亚微尔的傻瓜，他一定会给他们牺牲他的地位。卡莫苏，这一桩对于德斯格里昂家这样不幸的公案，这一位被院长这样不忠实只为古瓦西埃的利益着想而开始办理的案件，一定只有对您一个人是有利的。”她在回家的路上对他说。

这位狡狯的巴黎女郎也猜想到院长在布兰杜罗家那一方面所有的秘密的举动和他破坏老布朗德的努力的动机，但是她却没有看出给儿子或父亲说明他们的地位的危险有什么好处。她就快乐的享受这幕已经开演的喜剧的滋味，没有疑虑到被她所发现的秘密，就是齐斯纳尔的接承人为郎塞勒·发边而向布兰杜罗求婚的秘密有多大的重要性。如果院长会威胁她的丈夫的地位的话，卡莫苏夫人也懂得如何反而来威胁院长，唤起园艺家来注意人家对他所要移植到家里来的花朵所计划的抢夺。

和卡莫苏夫人一样，齐斯纳尔也没有追问古瓦西埃和院长用以收买首席检事的方法。研究了这不同的人物和这些集结于法院上面的国徽的四周的利害关系之后，他就打算倚靠检察官，卡莫苏和米趣。两位祖护德斯格里昂的审判官就可以使一切僵化。总之，法律公证人认识老布朗德太清楚了，他不至于不知道老布朗德只能够为终身的一桩大事，为着任命他的儿子当候补承审员才可以放弃他的大公无私的精神的。所以，齐斯纳尔就非常有把握的睡着，决定要去拜访布朗德，答应他给他想方法实现他所久已愿望的希望，给他说明郎塞勒院长的无信。说通了老承审员之后，他就要去跟预审推事谈判，希望给他证明维克杜尼恩的疏忽，如果不敢证明他的无罪的话，想把这桩案件化为一个年青人的简简单单的轻率行为。

八　法律的争斗

齐斯纳尔既睡得不安闲，也睡得不久；因为天亮之前，他的女管理就来叫醒他，给他引进这篇故事的一位最为迷人的人物，世界上最为令人羡慕的年青人；莫夫利额士公爵夫人一个人女扮男装的坐着四轮轻马车来了。

“我来救他，不然的话，就和他一块儿毁灭，”她对还自以为在做梦的法律公证人说，“国王从宝库里给我拿出十万佛郎，让我来购买维克杜尼恩的无罪，如果他的敌人可以贿赂的话；我带了这十万佛郎来。如果我们办不通的话，我就有一些毒药让他免除一切的麻烦，甚至于免除人家提起公诉。不过，我们总会办得通。我已经把事情的经过告诉检察官了，他跟着我就来；他不能够跟我同时来，因为他得到司法大臣那边去请示。”

齐斯纳尔也给公爵夫人回报一幕戏：他用室内便衣包着身体，跪在她的脚前，吻着她的脚，没有忘记请求她宽恕他这快乐所使他触犯的无礼。

“我们有救了！”他一边喊，一边给碧丽琪特下命令，叫她给公爵夫人预备她在邮车中奔跑辛劳一夜之后所需要的一切。

他叫迪安提起勇气，给她解释天一微亮就得去看预审推事的必要，因为这样一来，谁也不会知道这一步骤的秘密，甚至于不会想到莫夫利额士公爵夫人已经来了。

“我不是有一张合法的通行证吗?”她一边说一边给他指示一张文据，在这张文据上面，她是被认为内阁员外郎兼国王私人秘书王地尼斯·菲力士子爵先生的。“我不是懂得扮演一个男人吗?”她一边接着说，一边推高她的迪杜斯式[①]的假发的前面，舞了舞手中的皮鞭。

“啊！公爵夫人，您真是一个天使!”齐斯纳尔叫了起来，眼泪不禁涌出眼睛。(她应当随时都是一个天使，甚至于打扮成男人的时候!)“请您扣上您的礼服罢，请您把大衣一直围到鼻子上，请您拉着我的手臂，咱们一块儿在没有人可以碰见我们之前跑到卡莫苏家里去。”

“所以，我就可以看到一位叫做卡莫苏的男人吗?”她说。

“而且他有和他的姓名相符合的鼻孔哩。”[②] 齐斯纳尔回答说。

虽然是不惑的人了，老法律公证人却认为必得顺从公爵夫人的一切的偏情，她笑他也得笑，她哭他也得哭；但是他却叹息她的轻佻，因为当她办理一桩大事的时候，她却还带有嘲弄的态度。为着拯救这位年青人起见，他不会做什么事情呢！当齐斯纳尔穿衣服的时候，莫夫利额士夫人就尝味着碧丽琪特给她端来的一杯奶油咖啡，而认为外省的厨夫要比轻蔑知味者所认为重要的菜件的巴黎的厨子高明。谢谢她的主人对于美味的讲究所给她引起的灼见，碧丽琪特居然能够给公爵夫人献出一顿优美的小食。齐斯纳尔和他的文雅的伴侣就望着卡莫苏先生和卡莫苏夫人的家里走来。

---

① 前后一样长的一种理发式，因为是根据罗马帝国的迪杜斯(Titus)皇帝的塑像上面的发式而发明的，故名。

② “卡莫苏”(Camusot)有关鼻孔的意思。

“嘿！还有一个卡莫苏夫人吗?”公爵夫人说，“事情一定可以了结啦。”

“并且，和太太一样，她也显然觉得和我们这些外省人在一起有点别扭，她也是从巴黎来的。”

“所以，我们也不必对她守秘密了，是吗?”

“你可以判断什么事情不应当说，什么事情应当说。”齐斯纳尔谦虚的说，“我相信她一定非常高兴能够招待莫夫利额士公爵夫人。为着不至于惹祸起见，无疑的，您得留在她家里，一直留到夜里，至少如果您没有觉得有什么不方便的话。”

“她好不好，这位卡莫苏夫人呀?”公爵夫人用自负的神气问。

“在她家里，她颇有点像王后的神气。”法律公证人回答说。

“所以，她就得管这些法院的闲事啦，”公爵夫人接着说，“齐斯纳尔先生，只有在法兰西，人家才可以看见嫁给好丈夫的女人们同时也嫁给他们的职务，他们的买卖或是他们的工作。在意大利，英吉利，西班牙，女人们却觉得让她们的丈夫在事业里挣扎是个荣耀；她们没有法兰西的中产阶级的女郎要知道公共事业的死心眼。您不是依据法律的规则这样的称呼这个吗？法兰西的女人有个想象不到的妒忌心，拿夫妇之间的政治来说，她们是知道一切的。所以，在法兰西，您可以在最小的生活的困难中感觉到要给丈夫劝告，引导，指点的女人的手。大部分的男人事实上都并不坏。在英吉利，一个已婚的男子可以因为欠债而坐了二十四小时的监狱，然而出狱回家的时候，他的妻子却可以给他演一幕争风吃醋的把戏。”

“我们居然没有碰过任何人就走到了，”齐斯纳尔说，“公爵夫人，您应当和卡莫苏夫人的父亲笛里昂当王室的门监一样的在这里施展您的威风。”

“国王也没有想到这个！他什么也不想!”她喊道。“笛里昂曾经带我们觐见过，卡迪昂亲王，王地尼斯先生和我。我们是这里的主人。请您好好的跟她的丈夫商量一切，我要找他的妻子谈谈去。”

负责给孩子洗衣服，洗脸，穿衣服的阿妈就把这两位客人带到一间没有生火的厅里来。

“请您去给您家的太太带这一张名片去罢，”公爵夫人朝着阿妈的耳朵说，“叫她只要一个人瞧这名片。如果您细心的话，我以后再补偿您，我的小姑娘。”

阿妈听了这个女性的声调，看了这年青人的娇嫩的脸孔，不禁愣住了。

“请您叫卡莫苏先生起来罢，”齐斯纳尔对她说，“告诉他我有要紧的事情等着跟他谈一谈。”

阿妈登上楼去。一会儿，卡莫苏夫人就把身上只穿有衬衣的卡莫苏推进他的办公室，又给他带来一切的衣服，命令他穿上，在那里等着。之后，她就穿着一件梳妆衣奋身走下扶梯，请美丽的客人进去。这一幕戏是上面刻有“莫夫利额士公爵夫人”的名片所生的结果。王室门监的女儿明白了一切。

“哟！齐斯纳尔先生，人家不是要说这里落个半天霹雳吗?”阿妈低声惊愕的喊，“先生在他的办公室里穿衣服，您可以上楼到那儿去。”

“请您别胡说一句话。”法律公证人回答说。

齐斯纳尔觉得自己有一位获有国王的口头允许来设法拯救德斯格里昂伯爵的贵妇的支援，他不禁神气了起来，这比较谦卑的态度更能帮助他跟卡莫苏谈判，因为如果是谦卑的态度的话，卡莫苏一定要把他当做一个没有救助的光棍一样来看待的。

“先生，昨天晚上我所说的话一定会使你惊讶，但是这些不是随便说的。德斯格里昂家相信您能够好好的判决这桩案件，使他能够无疤无瑕的出来。”

“先生，”推事接着说，“我不会宣扬您的话语里那些足以伤刺我，足以残害法律的部分，因为一直到某个程度为止，您在德斯格里昂家的地位都可以宽恕您；但是……”

“先生，恕我打断您的话，”齐斯纳尔说，“我来给您说一些您的长官们所想而不敢承认的话，不过这些话都是聪明人所猜想得到的，何况您就是一个聪明人呢。假定这个年青人做了一件不小心的事儿，您相信国王，宫廷，部里高兴看着德斯格里昂这样一个家姓提到重罪审判所里去吗？有历史声望的大家庭的倒霉，这难道对于王国，对于国家是有利的吗？现在反对派所提出来的大口号就是平等，平等不是可以在历史所保留下来的高等贵族的存在里找到一个保证吗？唉！不但没有什么不小心的行动，我们而且是陷在人家所排布的圈套里的洁白无罪的人哩。”

“我倒很好奇，想要知道这是怎么讲的。”推事说。

“先生，”齐斯纳尔说，“两年的光景，古瓦西埃先生都不断的让德斯格里昂伯爵用他的名义取钱。我们有过不只十万厄古的汇票，都是由他清算，由我付还的……请您注意这一点！……有的时候在到期之前，有的时候在到期之后。德斯格里昂伯爵先生在设法呈上一张他所支取的收据，这收据是在他被控伪造票据之前写的；您不是可以看出这控告是仇恨和党争的作用吗？由这些反对国王和教会的最危险的人来控告一个老家庭的承继人，这不是一个最可恶的诽谤吗？这桩事情并不比我的事务室所有的票据更有伪造的嫌疑。请您当面问问古瓦西埃夫人，古瓦西埃夫人还不知道有这一场官司，她会告诉您我已经给她带了钱去，她已经拿了这笔钱等着交给她的丈夫，因为她的丈夫不在家，没有问她要过。请您问问古瓦西埃，他一定会告诉您他不知道我把这笔款交给古瓦西埃夫人。”

“先生，”预审推事接着说，“您可以把这些话在德斯格里昂先生的客厅里对人家说，或者对不知道事体的人说，人家也许会相信您，但是一个预审推事，除非他是糊涂官之外，他绝不会相信一位像古瓦西埃夫人那样服从她的丈夫的女人会在这时候把这十万厄古存留在他的写字台的抽屉里，没有告诉她的丈夫一句话，他也绝不会相信当古瓦西埃先生回到城里的时候，年老的法律公证人没有告诉他已经还了这笔钱。”

“不过，年老的法律公证人到巴黎去阻止年青人，不让他浪费哩，先生。”

“我还没有讯问过德斯格里昂伯爵，”推事接着说，“他的回答可以证明我的想法。”

“他是拘禁在监狱的密室里吗？”法律公证人问。

“是的。”推事回答。

“先生，”看出危险的齐斯纳尔说，“这庭讯可以在有利于我们或是不利于我们之下进行的；但是，您可以选择到底是根据古瓦西埃夫人的口供来证明这笔钱是在出事之前交还的，或是讯问这位可能在恐惧之下忘记了一切而给自己招祸的年青被告。您可以寻找一个最可相信的结论，到底一位不知道事体的女人一时的忘记是更可相信的，或是德斯格里昂家的少爷伪造票据是更可相信的。”

“这些都是不相干的，”推事接着说，“问题是在于知道德斯格里昂伯爵到底是不是曾经把古瓦西埃先生写给他的信的下端的空白改成为汇票。”

“呃！他可能做这桩事，”卡莫苏夫人突然嚷着进来，后面跟着一位美丽的陌生人，“齐斯纳尔先生已经交还这笔款……”

她侧身对她的丈夫说：

“你可以一有机会就当巴黎的候补承审员，在这一桩事情里，你是直接给国王本身效劳的，我担保人家不会忘记你，”她朝着他的耳朵说，“你应当看出这位年青人就是莫夫利额士公爵夫人，你千万别说你见过她，你得尽量大胆的帮年青伯爵的忙。”

“诸位先生，”推事说，“如果这庭讯是在有利于年青人的无罪的方向进行的话，我能够回答人家的干涉吗？齐斯纳尔先生和你，我的好太太，你们知道院长先生的意向。”

“哒，哒，哒！”卡莫苏夫人说：“你今天早上就去看米趣先生，告诉他年青伯爵的被捕的消息，你们已经是两个对两个，我来回答干涉。米趣是巴黎来的，他！你知道他对于贵族的忠诚。好狗都是好种遗传的。”

正在这时刻，他们听见卡多小姐的声音在门口说话，她说她带一封急迫的信来。推事出去了，然后又回来，念了这封信：

> “法院副院长请求卡莫苏先生于本日及此数日内出席审判，俾法院于院长先生离职时仍能办理完善。至为感激。”

“谈不到什么审判德斯格里昂的案件啦！”卡莫苏夫人喊道，“朋友，我不是告诉过你他们要给您开玩笑吗？院长去给高等检察官和大理院院长去说你的坏话去啦。你能够审理这案件之前，人家就要把你换了哩。这不是很清楚的吗？”

“人家换不了您，先生，”公爵夫人说，“检察官立刻就要到这里来啦，我希望。”

“等到检察官来啦，”短小的卡莫苏夫人激奋的说，“什么也都完啦。——是的，亲爱的，是的，”她说着，瞧了瞧呆愣住的丈夫。“——啊！你这老奸雄院长，你给我们耍个好巧的把戏，你将来会记得的！你给我们送来你所惯做的一碗菜，你将来可以收到你的女仆笛里昂·西细儿—阿美利所给你烹调的两碗菜。——可怜的布郎德好好先生，他倒顶高兴院长到外面去想方法来免职我们，他的笨孩子可以娶上布兰杜罗小姐啦。——你，卡莫苏，你找米趣去，公爵夫人跟我，我们要去找老布郎德去。你等着听全城的人说我今天早上跟一个情人在外面溜达。”

卡莫苏夫人给公爵夫人伸出手臂，带她穿过城里最荒凉的地方，没有碰到什么坏人，走到老承审员的门口来。这时候，齐斯纳尔就到监狱里去跟年青伯爵商量去，因为卡莫苏派人秘密带他去。厨夫们，家仆们和许多早起的外省人看见卡莫苏夫人和公爵夫人在崎岖弯曲的道路上走着，都以为这年青人是巴黎来的情郎。正如西细儿—阿美利所预料的，那天晚上，关于她的品行不端的消息就传遍了全城，人家也就找到机会说她许多的坏话。卡莫苏夫人和她的假情郎就在暖室里找到老承审员；他给他的同事的夫人和她的同伴致了一个敬礼，而对这位美丽漂亮的年青人投去一道疑虑的深究的眼光。

“我荣幸给您介绍外子的一位表弟，”她指着公爵夫人对布郎德先生说，“他是巴黎一位最出名的园艺家，这一次从布列颠回去，只能够和我们一块儿过一天。先生听人家说到您的花草和您的灌木，我也找到工夫大清早来。”

“噢！先生是个园艺家，”老承审员说。公爵夫人低下头，不说话。

“这是我的咖啡树和茶树。”承审员说。

“你说，”卡莫苏夫人说，“院长先生为什么出门呢？我敢打赌说这出门是和卡莫苏先生有关系的。”

“正正对……——先生，这是最特别的仙人掌，”他指着一只花盆里的一棵好像是盖有瑕疵的籐一般的花草说，“这是从新荷兰来的。您年纪很青，先生，您可以当一个好园艺家。”

“请您别再说您的花草啦，亲爱的布郎德先生，”卡莫苏夫人说，“这是关于您，关于您所想得到的遗产，关于令郎和布兰杜罗小姐的婚姻的问题。您上了院长的当啦。”

“哈!”承审员不大相信的神气说。

“是的，”她接着说，“如果您多跟社会上的人来往，少种您的花草的话，您就知道您所种植，您所灌溉的嫁资啦，遗产啦，统统都要被狡猾的手接了去。”

“太太!”

“啊！城里没有人敢得罪院长来告诉您这桩事。我不是这城里的人，谢谢这位年青人的帮忙，我就要到巴黎去，我可以告诉您齐斯纳尔的接承人已经正式替小郎塞勒向布兰杜罗·蔻丽儿求过婚，她的父母给她五十万厄古的嫁资。至于发边呢，他答应当律师，等着当承审员。”

老承审员把他手里拿着让公爵夫人看的花盆掉在地下。

“啊！我的仙人掌！啊！我的儿子！布兰杜罗小姐！……瞧，仙人掌打碎啦!”

“不，一切的事情都可以排布好，”卡莫苏夫人笑着说，“如果您要您的儿子一个月之内就当承审员的话，我们可以告诉您达到这目的的方法。”

“先生，请您到这一边来，您可以看见我的凤吕花，这简直是个茂盛的魔术一般的奇景。——为什么，”他对卡莫苏夫人说，“您在您表弟面前跟我谈这些事情呢?”

“因为一切的事情都得倚靠他，”卡莫苏夫人立刻的回答，“如果您说了这位年青人一句话的话，令郎的任命就算是永远得不到啦。”

“唔!”

“这位年青人就是一朵花。”

“哈!”

“这是国王派来营救被古瓦西埃控告伪造票据罪而昨天被捕的小德斯格里昂的莫夫利额士公爵夫人。公爵夫人有司法大臣的话，他可以兑现她所给我们答应的事情……”

“我的仙人掌没有坏呀！”承审员细察他的珍贵的花草，这样的说，“——说下去罢，我听您的。”

“请您跟卡莫苏，米趣他们商量商量，越早来压下这案件越好，这么一来，令郎就可以有差事啦，发表他的职务的时候可以来得及让您破坏郎塞勒夫妇在布兰杜罗夫妇方面的阴谋。令郎不只会当候补承审员，他在一年之内就可以承接卡莫苏的位置。检察官今天就可以回来；苏发志先生非因为他在这桩案件里的行为而被迫辞职不可。我的丈夫可以给法院里呈出许多文据，说明伯爵的无罪，证明这错过是古瓦西埃所张设的圈套。”

老承审员走进他的六千棵凤吕花所造成的仙谷，在那里给公爵夫人致敬。

“先生，”他说，“如果您所要求的是合法的话，我就可以遵命。”

“先生，”公爵夫人回答，“请您明天给齐斯纳尔先生递上辞呈，我答应在一星期之内能够给您送令郎的委任状来，但是您得等检察官先生给您保证我的话之后才去辞职。你们法院里的人彼此更容易相信。不过，您得让他知道莫夫利额士夫人已经答应过您。您可千万别说我到这里来过。”她说。

老承审员吻着她的手，他开始毫不留情的采折许多最美丽的花朵，拿来送给她。

“您想到吗？请您把这些花送给太太，”公爵夫人对他说，“看见拿这些花给一位拉着一个美人的手臂的男子，这是不自然的。”

“到法院去之前，”卡莫苏夫人对他说，“请您先到齐斯纳尔的承接人那里去问问他关于他用郎塞勒夫妇的名义所提的婚事。”

老承审员甚为惊愕院长的复杂性，他呆呆的插足笔立在铁栅的旁边，看着两位女郎在崎岖边僻的道路上走了。他仿佛看见十年来他为他的爱子所辛苦经营的大厦崩塌了。这是可能的吗？他怕受人家的愚弄，就跑到齐斯纳尔的接承人家里去。九点半的时分，在开庭之前，布郎德副院长，卡莫苏和米趣都非常准时的来到会议室里，这会议室的门是由老承审员看见卡莫苏和米趣一同进来后小心翼翼的关上的。

“哎！副院长先生，”米趣说，“苏发志先生为着拍一位国王政府的仇人古瓦西埃的马屁起见，没有请示检察官就下了一通逮捕一个德斯格里昂伯爵的拘票。这真是上下其手啦。在他一方面，院长也走了，想要这样的停止预审！何况我们对于这桩官司一点儿也不知道哩！人家是不是可能要强迫我们呢？”

“这是我听到关于这桩事情的第一句话，”老承审员说，他颇气愤院长在布兰杜罗家方面所进行的步骤。

老承审员刚刚为着探知真相起见发明了一个狡猾的方法去骗郎塞勒的党羽齐斯纳尔的接承人，让他和盘托出这事情的秘密。

“幸亏我们告诉您，大人，”卡莫苏对布郎德说：“不然的话，您就求远别想让令郎坐在百合花上，[①] 也别想让他娶布兰杜罗小姐，”

“但是问题不在乎我的儿子，也不在乎他的婚事，”承审员说，“问题是在于到底年青的德斯格里昂伯爵是不是有罪。”

“好像是，”米趣说，“齐斯纳尔已经把这笔款项交给古瓦西埃夫人：人家只是把简简单单的手续上的错误认为是一个刑事罪。根据控诉状所说的，年青的伯爵曾把签有古瓦西埃名字的一封信

---

① 百合花是古代法国的国徽，法官的坐位上有此徽章。这里的意思就是当法官。

的下端的空白假造了向客礼银行支钱的汇票。”

“这是一个疏忽!”

“可是，如果古瓦西埃把这笔钱款存在柜子里的话，”布朗德说，“他为什么要控告呢?”

“他还不知道这笔款已经交给他的妻子，或者是他装做不知道。”卡莫苏说。

“这是外省人的报仇的把戏。”米趣说。

“不过，我总觉得这有点像伪造罪，”老承审员说。在他身上，任何的情感都不能够遮蔽法官的是非良心的明见。

“您这么相信吗?”卡莫苏说，“可是先说，假定年青伯爵没有权利用古瓦西埃的名义取钱，他也并没有伪造签字。因为齐斯纳尔通知他已经由他齐斯纳尔付了钱，他就自以为有这权利。”

“好啦！您认为怎么样才算是伪造票据罪呢?”老承审员说，“伪造票据罪的要点，在民事方面，就是要想方法让别人受到损失。”

“啊！假定古瓦西埃的控诉是对的，人家也只是利用他的签字想方法来支取这笔款，免得受古瓦西埃给他的银行家所下过的禁止他取钱的命令的约束，这是很明白的。”卡莫苏说。

“诸位先生，”布朗德说，“我觉得这是一个不幸，一个儿戏。您有了我的钱，但是我也许得等到您的汇票；然而我，我德斯格里昂伯爵，我有急需，我就……算了罢！您的控告是感情作用，是报复的手段！要是一个伪造票据罪，立法者就要看出犯法人的用意是不是要偷窃一笔款，要得到某种自己并没有权利得到的利益。这桩事在罗马法的规定方面，或是在现时的法律精神方面都不算是什么伪造票据，这只是民事的问题，因为这里并没有伪造任何的签字。从人情方面来说，伪造票据目的总是在于偷窃；但是这里，那里有什么偷窃呢?我们是活在什么时代里，诸位先生?

院长离开我们，到外面去想方法让这应当结束的庭讯无法进行！我一直到今天才认识院长先生，我要付还他我对他的错误的欠尾；从此之后，他得自己起草他的判决词。您得非常迅速的行事，卡莫苏先生。”

“是的，”米趣说，“我的意见是立刻释放这位年青人，不是暂时保外。一切都是倚靠我们对于古瓦西埃夫妇的讯问。您可以在开庭的时候请他们来，在四点钟之前听取他们的陈述，今天夜里起草您的报告书，明天开庭之前我们也就可以判断这案件了。”

“当律师们在辩论的时候，我们可以商量商量应行的步骤。”布郎德对卡莫苏说。

三位法官重新穿上法衣之后，就到法庭里来了。

中午时分，阿尔孟德教士和阿尔孟德小姐一同来到德斯格里昂公馆，齐斯纳尔和古杜里埃先生已经在那里了。在古瓦西埃夫人的导师和司教之间举行了一个相当短促的会谈之后，牧师立刻就到他的忏悔者家里去。

早晨十一点钟，古瓦西埃收到一道请他一点钟和两点钟之间到预审推事办公室去出庭的传票。他就到那里去，满心怀着许多合法的疑窦。没有能够预先知道莫夫利额士夫人和检察官的到来，没有能够预先知道三位法官的联合的院长先生忘记了告诉古瓦西埃开始预审时应行的步骤，他们两个人都没有想到这么快就开庭。古瓦西埃忙于听从这道传票，因而能够探知卡莫苏先生的意向。所以，他就不能够不回答讯问，推事概括的对他发出下面的六个问题：

“被人控诉为伪造的这一张票据是不是有真正的签名呢？——在这张汇票之前，他和德斯格里昂伯爵先生是不是还有其他金钱上的来往呢？——德斯格里昂伯爵先生是不是得到通知才用他的名义去支取款项呢？——他是不是曾经给德斯格里昂先生写过信，让年青伯爵随时用他的名义去支取款项呢？——齐斯纳尔是不是曾经好几次清偿过这些款项呢？——他是不是在某一时期出门离家呢？”

古瓦西埃都肯定的回答这些问题。无论他是如何空泛的辩解，推事总让这位银行家说一声“是”，或是“不是”。当这问答都记载成正式的口供的时候，推事却以这个半天霹雳一般的问话来结束：

“古瓦西埃知道不知道这被控为伪造票据所写的款项已经存在他的家里呢？因为依据齐斯纳尔的说法和齐斯纳尔给德斯格里昂的通知书，这笔款在汇票之前五天就交付了的。”

这最后一个问题使古瓦西埃大为惊惶。他反问这一类的讯问到底是什么意思。到底是不是他反而是罪犯，而德斯格里昂伯爵先生反而是原告呢？他请推事注意，如果钱款已经放在他家里的话，他也不至于来控诉。

“公理自然会水落石出的，”推事一边说，一边斥退古瓦西埃，他并不是没有明白古瓦西埃最后一句话的道理。

“但是，先生，钱款……”

“钱款就在您家里。”推事说。

同样被传的齐斯纳尔也出庭来解释这事情。他的实情是由古瓦西埃夫人的陈述加以证明的。推事已经问过德斯格里昂伯爵，伯爵在齐斯纳尔的指使之下递上了古瓦西埃叫他自由用他的名义支取款项而不必预先存放现款的第一封信。然后，他又拿出齐斯纳尔法律公证人预先通知他已经在古瓦西埃夫人家里交付十万厄古的信。用这样的文件来证明，年青伯爵的无罪总可以在法庭之前得到胜利了。当古瓦西埃从法院回到家里的时候，他的脸孔气得变成苍白的颜色，一种激奋的疯狂所生的轻微的泡沫在他的嘴唇上颤动着。他发现他的妻子坐在客厅的壁炉角上给他刺绣他的拖鞋。当她仰起眼睛瞧着他的时候，她不禁发抖了，但是她也已经下了决心了。

“太太，”古瓦西埃格格口吃的喊道，“您在推事面前怎么说了这些话呀？您使我受侮辱，失败，上当！”

“我救了您，先生，”她回答说，“如果您荣幸有一天和德斯格里昂家结亲，把您的外甥女嫁给年青的伯爵的话，您得感谢我今天的行为。”

“简直是神迹！巴兰的母驴[①]居然会说话了，”古瓦西埃喊道，“我也没有什么可奇怪的了。卡莫苏先生所说存在我家里的十万厄古到底在那儿呢？”

“在这儿，”她一边说，一边从靠椅的椅垫底下取出一包银行的钞票，“当我说齐斯纳尔先生给我交付这些钱的时候，我并没有做下致命的罪恶。”

“是我出门的时候交给您的吗？”

“您不在那儿。”

“您敢用您的永生来给我发誓吗？”

“我发誓。”她用冷静的腔调说。

“为什么一点儿也没有告诉我呢？”他问。

“这是我的错，”他的妻子回答说，“但是我的错却是对您有利的。您的外甥女有一天可以当德斯格里昂伯爵夫人，您也可以当议员，如果您在这桩可怜的事情里行为得体的话。走得太远了，您得回来。”

古瓦西埃在客厅里踱来踱去，心里受到可怕的激动的袭击，他的妻子也在同样的激动之下等着这踱来踱去的结果。最后，

① 《圣经》载摩阿布国（Moab）的国王曾派术士从巴兰（Balaam）去咒诅以色列人。巴兰骑着母驴前往，途中过着天使，手执利剑，母驴奔驰，突然口中出言，大骂其主人不止。这就是引用这个典故的。

古瓦西埃就按了铃。

“今天晚上我不接待任何人，请您关上大门，”他对他的家仆说，“有人来您就说太太和我，我们到乡下我们吃完晚饭就走，叫他们早半点钟开饭。”

这一天晚上，一切的客厅，一切的小商人，穷人，叫化子，贵族，商界，总之全城的人都在谈论这个大消息；有伪造票据嫌疑的德斯格里昂伯爵被捕了。德斯格里昂伯爵要到重罪审判所去受审去；他要被判罪，他要被人打烙印。大部分爱护德斯格里昂家的光荣的人就否认这事实。当黑夜来临的时分，齐斯纳尔到卡莫苏夫人家里来找年青的陌生人，把他带到德斯格里昂公馆来，因为阿尔孟德小姐在那里等他。可怜的女郎在她家里招待美丽的莫夫利额士夫人，把自己的寓所让给她住。主教先生住了维克杜尼恩的寓所。当高贵的阿尔孟德小姐和公爵夫人单独留下的时候，她就给她投去一道令人怜惜的眼光。

“您应当帮忙这位为您而牺牲的可怜的孩子，太太，”她说，“这里的一切人都为他而牺牲。”

公爵夫人已经用妇女的目光巡视了一下德斯格里昂小姐的卧室，她已经在这里看到一位超卓的女性的生活的图像：您说不定要认为这是一位女圣徒的修道室，只要您看一看这间空虚，冷而没有任何奢华的房子。公爵夫人看到这个人物的过去，现在和将来，认出她在这里所产生的极端的对照，她不禁大受感动，也就忍不住流下两颊作为她的回答的眼泪了。

“啊！我错啦，对不起，公爵夫人！”女圣徒接着说，她之为女圣徒这时候是在她之为维克杜尼恩的姑母之上的；“您不知道我们的穷苦，我的侄儿绝不会告诉您这个的。并且，看了您的脸孔，什么事情都做得出，甚至于犯罪！”

阿尔孟德小姐是枯燥的，清瘦的，苍白的，然而却是美丽的，就好像只有德意志的画家懂得描绘的细长的严肃的人物似的。她的眼睛也被眼泪润湿了。

“您放心，亲爱的天使，”公爵夫人终于说了，“他已经有救了。”

“是的，可是光荣呢，他的前途呢！齐斯纳尔告诉我：国王知道这真相。”

阿尔孟德小姐下楼到客厅里来，她发现古物陈列所全场满座。每一个家中的熟客都来，一方面为的是给主教先生祝贺，一方面为的是来包围德斯格里昂侯爵。坐在接待室里的齐斯纳尔告诉每一个客人不要对侯爵说任何一句关于这案件的事情。这位忠实的佛兰克贵种，他会杀死他的儿子或是古瓦西埃的；在这种情形之下，他不是在这一方面当一个罪犯，就是在那一方面当个囚徒。非常的凑巧，因为儿子回到巴黎去而觉得快乐的侯爵却比平日更为起劲的谈到维克杜尼恩。维克杜尼恩不久就会被国王派去当差，国王终于关心德斯格里昂家了。每一个心如死灰的客人都极力的颂扬维克杜尼恩的行为举止。阿尔孟德小姐预备着她的侄儿突然出现的方式，她对她的哥哥说维克杜尼恩无疑的要回来看看他们，他一定已经在路上了。

“嘿！”站在壁炉前面的侯爵说，“如果他在那里事情弄得不错的话，他就得留在那里，绝不要想到他的老父看见他时所有的快乐。给国王当差最重要的。”

大部分听这句话的人都不禁发起抖来。这官司可以把一位德斯格里昂的肩膀献给刽子手的钢刀！一会儿的骇人的岑寂。老卡特兰侯爵夫人忍不住流下她的脂粉上面的一滴清泪，她就转过了头。

人家看见，德斯格里昂伯爵的两轮轻马车从区行政长官公署出来。

九　门户不当的婚姻

第二天中午，天气非常的清和，全体激动的居民都一群一群的散布在全城的各街道里，那里除了这大案之外没有其他的谈论问题。年青伯爵是不是坐了监狱呢？正在这时刻，人家看见大家都认得的德斯格里昂伯爵的两轮轻马车从区行政长官公署出来，驶下圣伯拉斯街的高坡。这只两轮轻马车是由伯爵驾驭的，另外还有一个年青的陌生人陪着他。他们两个人都很快乐，满面的笑容，彼此谈论，钮洞里都插有班加尔的玫瑰花。这是一幕无法描写的幕景的变化。十点钟的时候，极有理由的不起诉的判断使年青的伯爵恢复自由。古瓦西埃在那里受到一个让德斯格里昂伯爵保留追究诬告的权利的"案据"的打击。老齐斯纳尔好像无意似的走上了大街，对一切愿意听他说话的人说古瓦西埃给德斯格里昂家强设了一个最无耻的陷阱，如果他的诬告罪没有被追究的话，这完全是因为德斯格里昂家的高贵的情意对他的宽恩。这著名的一天夜里，德斯格里昂侯爵就寝之后，年青的伯爵，阿尔孟德小姐和预备动身回去的美丽的少年扈从三个人单独的和骑士留在一起。人们没有办法在骑士之前隐瞒这位美少年的性别。在这城里，除了三位法官和卡莫苏夫人外，只有骑士知道公爵夫人的来临。

"德斯格里昂家算是有救了，"齐斯纳尔说，"但是一百年之内他是没有法子复兴的。现在得还清债务，您只有一桩事可以做，伯爵先生，就是要一位有钱的女承继人。”

“并且不管她是什么地方都得娶她。”公爵夫人说。

“又是一个门户不当的婚姻！”阿尔孟德小姐喊道。

公爵夫人开始发笑了。

“宁可结婚，不要等死，”她一边说，一边从背心的口袋里拿出一只杜伊勒利别宫的药铺所送给她的小药瓶。

阿尔孟德小姐做了一下惊惧的姿势，老齐斯纳尔拿了美丽的莫夫利额士夫人的手，没有请求她的许可就吻着这只手。

“你们难道在这里发疯了吗？”公爵夫人接着说，“当我们是在十九世纪的时候，你们难道要留在十八世纪的时代里吗？亲爱的孩子们，此后不会再有什么贵族了，现在只有权势。拿破仑的民法已经毁坏了爵位，正如大炮已经轰倒了封建社会一般。只要您有钱，您就可以变得比现在更为高贵。您可以和您所要的女人结婚，维克杜尼恩，您可以使您的妻子变成贵族，哪，这就是法兰西的贵族所剩下的唯一的结实的权利。达利兰先生不是娶了葛兰特小姐而没有招到什么祸害吗？您记得路易十四曾经娶过施卡郎寡妇。”

“他并不是因为金钱而娶了她。”阿尔孟德小姐。

“如果德斯格里昂伯爵夫人是古瓦西埃的外甥女的话，您要接待她吗？”齐斯纳尔说。

“也许，”公爵夫人回答说，“但是毫无疑义的，国王一定很高兴看她。你们难道一点儿也不知道世界的变化吗？”她看见一切的脸孔上都有惊讶的神色，就这样的说，“维克杜尼恩到过巴黎，他知道那边的情形。在拿破仑时代，我们贵族是更有力量的。维克杜尼恩，您就娶杜梵尔小姐罢，她可以照样的当一位德斯格里昂侯爵夫人，好像我当公爵夫人似的。”

“一切都完了，甚至于光荣!”骑士一边说，一边做下一个姿势。

“再见，维克杜尼恩，”公爵夫人一边说，一边吻着他的额头，“我们以后不再见面了。您所能做的事情，最好是生活在您的田园之上，巴黎的气度对您一点儿用处也没有。”

“迪安!”年青伯爵失望的惊叫。

“先生，您太忽视您的利益了，”公爵夫人脱下男子和情妇的面具，冷淡的说，她不但又变成了天使，而且又变成了公爵夫人；她不但又变成了公爵夫人，而且又变成了莫利哀的茜利孟。

莫夫利额士公爵夫人庄严的对这四位人物行了敬礼，而从骑士的眼中吸出了他为女性所有的最后的一滴钦服的泪珠。

“她简直就像是戈里查公主!”他低声的惊叹。

迪安走了。邮车驭夫的鞭声告诉维克杜尼恩他的初恋的甘美的故事算是结束了。危险的时候，迪安还认这位年青人是她的情郎，但是得了救之后，公爵夫人却把他当做一位他所代表的弱者来轻蔑他。

六个月之后，卡莫苏升官为巴黎的候补承审员，后来又当了巴黎的预审推事。米趣当了检察官。布郎德好好先生变成了王家法院的顾问，在那里过着必要的日子来告老，再回来居住在他那间精致的小房子里。布郎德·约瑟代了他的父亲在地方法院里所有的地位，度了他的下半世，没有任何的进展，他娶了布兰杜罗小姐。现在这位小姐住在这所布满砖块和花草的房子里，就好像鲤鱼在云母石的池子里一样的苦闷。最后，米趣、卡莫苏都得到了骑士勋级会的十字勋章，而老布郎德也得到了这勋级会的军官的勋章。至于检察官的首席检事苏发志先生呢，他却被人派到科西嘉①去。这是古瓦西埃所最快乐的，因为古瓦西埃不愿意把外甥女嫁给他。

在郎塞勒的激动之下，古瓦西埃就向王家法院上诉，不服第一审的不起诉处分。然而他又败诉了。在全地区里，自由党的党徒都认为小德斯格里昂犯了伪造罪。在他们那一方面，保王党的党徒就传述着报复的心情叫无耻的古瓦西埃去张设的阴险的陷阱。古瓦西埃和维克杜尼恩也举行了一次决斗。武器的运气是属于昔日的军粮商人的，他重伤了年青的伯爵，而继续他的控诉。两党之间的争斗又被这桩案件的刺激而越加剧烈。自由党徒决心要把这桩案件再提出来研究。古瓦西埃总在竞选中失败，他看不出有任何的机会可以把他的外甥女嫁给年青的伯爵，尤其在决斗之后。

王家法院判决之后的一个月，因为这恶斗而费尽精神上和身体上的力量的齐斯纳尔终于在胜利声中死去了，就好像一只肚子里中到小野猪的长牙的伤刺而死去的老忠狗一样。他总算是尽其所能的幸福的死去，然而却把这半毁了的家庭和年青的伯爵扔在穷苦里，陷在烦恼里，没有成家立业的希望。这残暴的思念和身体的衰弱就使这可怜的老年人走近末日。然而在还堆积有千愁万虑的废墟之中，他却得到了一个莫大的安慰：在妹妹的固请之下，老侯爵就来回报他的一切的友情。这伟大的人物亲身到柏尔盖伊街的小房子里来，坐在老仆人的病榻的床头，虽然他并不知道这仆人对他所有的牺牲。齐斯纳尔在床褥中坐起，给他背诵西米恩的圣歌；老侯爵答应要把他安葬在别宫的祈祷室里，横卧在这位几乎是德斯格里昂家最后的子孙要自葬的墓穴的旁边。

这位代表优美而伟大的家奴性最后的一个人物就这样的死去了。一般人都是用恶意来解释“家奴性”这个名词的，然而在这

① Corse，地中海的一个大岛，位于法意之间，属于法兰西。

里我们却是用他的真实的意义来说明封建时代的家奴对于主人的忠诚。这种忠诚的情绪只存在于外省的偏僻的地方，只存在于王权的年老的奴仆身上，他使感应这种情意的贵族和保留这种情意的中产阶级增光。这种高贵而伟大的效忠现在是不可能的。贵族的家庭已经没有家奴了，正如法兰西已经没有国王，没有世袭的世卿，没有规定给各世家而使其赓续国家的光荣的固定的财产一般。齐斯纳尔不但是一个没有让人知道私生活的伟人，他而且是一个伟大的事物。不断的牺牲不是使他有一种我也说不出来的尊严而超卓的性质吗？这不是比暂时的努力所行的布施的英雄主义还要高明吗？齐斯纳尔的德性特别是属于渺小的民众和伟大的权贵之间的那一个阶级的，他可以把中产阶级的朴素的德性和贵族高超的思想相配合，用一个坚强的教训的火焰来照耀他们。

宫廷不大作兴维克杜尼恩，所以他不能够在那里娶到富裕的妻子，也不能够在那里找到差事，国王屡次拒绝给德斯格里昂一家封为世卿。（这是可以把维克杜尼恩拉出苦境的唯一的恩典。）父亲活着的时候，他是没有法子和中产阶级的女承继人结婚的，他得寒酸的居住在父亲的家里，回忆着两年的繁华的巴黎生活和高贵的爱情。他悲哀而忧郁的生活在失望的父亲和忧愁的姑母之间。父亲看见儿子的情形，认为儿子患了一种长期的慢性病。齐斯纳尔已经不存在了。一八三〇年，觐见了查礼十世之后，侯爵就去世了。当查礼十世路过勒农古尔的时候，侯爵曾带领着古物陈列室的强壮的贵族到那里去给国王效劳，参加了这位被征服的君主的寥寥无几的仪仗。这种勇敢的举动在现在看来似乎是很简单的，然而当时却是革命的同情心所认为超卓的！

“高尔族胜利了！”这是侯爵的最后一句话。

所以，古瓦西族的胜利是完全的，因为父亲死后一星期，新立的德斯格里昂侯爵就接受杜梵尔小姐当他的妻子；她有三百万的嫁资，古瓦西埃和他的妻子在婚约上给杜梵尔小姐保证要把遗产留给她。举行婚礼的时候，古瓦西埃说德斯格里昂家是法兰西贵族中最可敬爱的一家。每年冬天，您可以看见有一天可以结联十万厄古的年金的德斯格里昂侯爵在巴黎度着单身汉的欢乐的生活，他已经没有当年的大人先生们和他作伴，只有对他的妻子的漠不关心，因为他用不着挂虑她。

“至于德斯格里昂小姐呢，”告诉我们这篇故事的细节的布郎德·爱弥儿说，“如果她不像我童年时所看见的那个贞洁的脸孔的话，无疑的，她总是古物陈列室中最为悲哀，最为动人的六十七岁的老妇人，她还统治着这沙龙。当我最后一次回乡去办理结婚所应办的证件的时候，我还看见到她。当我父亲听见我结婚的时候，他不禁愣住了，只等到我告诉他我当了区行政长官的时候，才能够说话。

“你是生来当区行政长官的！”他微笑着对我说。

“在城里打圈儿的时候，我碰到阿尔孟德小姐，我觉得她比什么时候都更伟大。我好像是在加尔泰慈①的废墟上看见马里乌斯②一样。她不是生活在她的宗教，她那已经毁坏了的信仰之上吗？她只相信上帝。她常常是悲痛的，沉默的，她只在那一双包有超自然的光辉的眼睛里保留着她的美丽，当我看见她手里拿着祈祷书到教堂去做弥撒的时候，我不能不想到她是请求上帝把她从这人间召回去的。”

一八三八年九月于约尔地

---

① Carthage，古代腓尼基人于非洲北部所建之城市，为罗马之劲敌。

② Marius，罗马的著名将军，曾为仇人所迫，逃往非洲之加尔泰慈。因为当地的裁判官叫他立刻离开，他就对使者说：“请你告诉裁判官说你看见亡命的马里乌斯坐在加尔慈泰废墟之上。”